SASCHA ZEUS &
MICHAEL WIRBITZKY

WASCHLAPPEN

ROMAN

W0375597

LUEBBE

Dieser Titel ist auch als Hörbuch bei Lübbe Audio lieferbar

luebbe in der Verlagsgruppe Lübbe

Originalausgabe

Copyright © 2009 by Verlagsgruppe Lübbe GmbH & Co. KG,
Bergisch Gladbach

Umschlaggestaltung: Christin Wilhelm
Umschlagmotiv: © getty-images / Hill Street Studios
Autorenfoto: © proevent / Andreas Biesenbach
Satz: Druck & Grafik Siebel, Lindlar
Gesetzt aus der Rockwell
Druck und Einband: GGP Media GmbH, Pößneck

Printed in Germany
ISBN 978-3-7857-6020-8

5 4 3 2 1

Sie finden uns im Internet unter: www.luebbe.de
Bitte beachten Sie auch: www.lesejury.de

Danksagung

Wir möchten uns an dieser Stelle bei all denen bedanken, die die Arbeit an diesem Buch nicht übermäßig behindert haben.
Dazu gehören nicht unsere vier Kinder, die durch Spielplatzverletzungen, Noroviren und das Hören indiskutabler Musik entscheidend zu Verzögerungen beigetragen haben. Auch unsere Ehefrauen bringen durch permanente Auftragsvergabe (Rasen mähen, Getränke holen, Steuererklärung machen) den internationalen Literaturbetrieb langfristig in eine Schieflage.
So ist der männliche Kampf um ein gutes Buch heutzutage gleichzusetzen mit dem Jagen und Sammeln früherer Tage.
Danke.
Michael Wirbitzky, Sascha Zeus im Mai 2009

Hey, das sieht aus wie
ein Penis, nur kleiner.

(Sie zu ihm in irgendeinem Film)

22 Uhr

Red ich zu viel? Manchmal red ich zuviel. Sie müssen's einfach sagen, wenn ich zu viel rede.

Ja, eins nehm ich noch. Manchmal trink ich auch zu viel.

Das ist ein schönes Kleid, was Sie da anhaben. Schwarz. Schwarz steht Ihnen.
Haben Sie wahrscheinlich schon tausendmal gehört.

Haben Sie Kinder?

Ich hab Kinder. Zwei. Jungs. Ich kann nur Jungs. Die sind super, die Jungs. Nur ihr Vater ist ein bisschen blöd. Dafür haben sie eine schlaue Mutter. Mann, ist die schlau.

Danke. Das ist jetzt aber echt das letzte. Fahren kann ich eh nicht mehr.
Trinken Sie was mit? Kommen Sie. Ich sag's auch keinem.

Das glänzt so schön, das Schwarz.

Ich rede zu viel, oder? Sagen Sie's ruhig. Inga und ich reden gar nicht mehr. Alles gesagt. Immer wieder. Das siebte Jahr ist gar nicht das verflixte. Das ist alles Quatsch! Zum Wohl! Ich bin Alex.

Gala? Schöner Name.

Rumänien? War ich noch nicht. Inga wollte immer nach Italien. Is' ja auch schön. Aber man muss ja auch mal woanders hin. Jetzt ist sie woanders.

Wie sind die rumänischen Männer?

Ja, ja, überall dasselbe.

Vigo hatte mal 'ne Freundin aus Rumänien. Eigentlich hatte Vigo eine Freundin aus überall. Sagen Sie irgendein Land. Da hat er 'ne Freundin. Also gehabt. Jetzt auch nicht mehr.

Vigo? Ja, Vigo ist auch 'ne Stadt. Aber das ist sein Spitzname, weil sein Vater daher ist.

Meiner? Hab keinen Spitznamen. Im Moment würde »Idiot« ganz gut passen. Inga hat mich »Schatz« genannt. Originell. Will sie jetzt nicht schlechtmachen. Fand sie ja mal toll. Und … ach egal.
Schon wieder leer. Also eins noch. Was läuft 'n da für Musik? »Smoke Gets in Your Eyes«. Dürfen Sie das hier überhaupt spielen? Ist doch überall Rauchverbot?

Ha, ha. Super Scherz. Bin toll drauf. Wir hatten mal 'ne Band. An der Uni. »Guevaras Revenge«. Einfach furchtbar. Echt das Grauen. Vigo war Sänger. Ich Bass.

Der Sänger kriegt die Frauen. Der Bass kriegt nie die Frauen.

Hatte das Ding noch Jahre im Keller. Jetzt ist es weg. eBay. Den Wickeltisch auch. Das Scheißding stand überall im Weg. Langweile ich Sie?

Das ist nett. Einfach schön gelogen.

Mit Schwarz macht man einfach nichts falsch.

Hier, das sind meine Jungs. Ist so 'n Jahr alt das Bild. Sizilien. Inga will ja immer nach Italien. Der mit dem Eis ist Tobias. Das war gutes Eis. Kann ich auch selber. Vanille. Bin ich sozusagen berühmt für. Viele sagen ja: Was soll an Vanille schon schwer sein? Aber Sie müssen echte Tahiti-Vanille nehmen, also nicht so'n Aromadreck. Und halt Sahne, Milch, Eigelb. Und 'ne richtige Eismaschine brauchen Sie natürlich auch. Nicht so 'n Ding ohne Kompressor.

Was?

Der Blonde ist Florian. Der Große. Sind echt super Jungs. Das hier ist Inga. Da hatte sie die Haare noch lang. Florenz.

Scheißitalien.

Ich hätte damals doch auf Vigo hören sollen. Damals, vor acht Jahren …

Las Dunas Beach Resort, Canyamel, Mexiko *15. Januar 2000*

Hola Alexito,

viva Mexiko!! Die drei Chicas vorne auf der Postkarte sind seit gestern meine »Produktionsassistentinnen«. Die Blonde hinten in den Wellen zögert noch, aber ich bin ja noch zwei Wochen hier. Wetter bueno! Frauen geilissimo! Vom Job her ist es allerdings nicht ganz so doll. Das halbe Team hat die Scheißerei. Montezuma rächt sich mit verseuchten Eiswürfeln. Unser Kameramann hängt sogar am Tropf. Los salmonellos! Sprühwurst. Du weißt schon, was ich meine. Nur Dein Kumpel Vigo heilt alles mit Tequila. Salut! Eigentlich sollten wir diesen Duschgel-Spot in zwei Wochen abgedreht haben, aber jetzt wird's was länger. Wie is' bei Dir? Passt Inga noch durch die Tür? Frontspoilertechnisch ist sie ja echt ganz vorne. Seid Ihr sicher, dass es keine Vierlinge werden? Apropos vier, ich muss mich wieder um die vier Mädels kümmern. Viel Arbeit für einen alleine. Magst Du nicht 'ne Woche kommen? Mein »Best Boy« kotzt sich die Seele aus dem Leib. Ich brauch Ersatz. Und gerade Du würdest hier Augen machen. Hier fahren Karren rum, mit denen hat schon Cortés die Azteken überfahren. Da könntest Du mal einen abgefahrenen Artikel drüber schreiben. Überleg's Dir. Kannst auf Produktionskosten rüberjetten. Lauer Job. Musst nur mein Glas nachfüllen. Melde Dich.

Hasta luego!

Vigo

Las Dunas Beach Resort, Diego Villa, Recepción. Buenos días!

Äh … ja. Buenos días! Alex Thomsen, Alemania. Quiero hablar … äh … con Señor Seidelmann. Vigo Seidelmann.

Ah Señor Vigo. Sí, Sí! Habitación 302. Un momento por favor!

Ja … Aua. Niemand, den ich kenne, würde mich um diese Zeit anrufen.

Morgen Vigo. Alex hier. Hab ich dich geweckt?

Geweckt? Ich bin gar nicht wach! Leg auf, wenn du mein Freund bist.

Ich denk, du bist da zum Arbeiten.

Ja, ja, nachmittags. A la tarde. Capito?

Ja, 'tschuldigung. Aber ich kann nur jetzt, ich muss Inga gleich zum Ultraschall fahren.

Kann die nicht selber fahren? Oder verwechselt man Kupplung und Bremse, wenn man schwanger ist?

Nein. Aber in ihrem Zustand muss man schon ein bisschen Rücksicht nehmen. Gestern beim Geburtsvorbereitungskurs ist sie fast zusammengeklappt.

Wieso weißt du denn das? Warst du etwa dabei?

Ja sicher.

Bei so 'nem Hechel-Scheiß?

Vigo, was anderes: Ich kann nicht kommen.

Du musst hecheln, oder?

Jetzt mach dich nicht lustig! Es sind jetzt nur noch vier Wochen bis zum Termin. Inga braucht mich. Sie ist sehr dünnhäutig.

Schon gut … Ne, jetzt nicht. Dar por el culo!

Wie bitte?

Ach nix. Nicht du.

Verstehe, du bist nicht allein. Auf jeden Fall kann ich nicht kommen. Lass uns quatschen, wenn du wieder zurück bist.

Sí, claro. Unsere Biketour steht aber, oder?

Ja klar. Wie immer.

Bueno. Grüß Inga.

Mach ich.

Irgendwann müssen wir uns entscheiden, Alex. Wenn du mich fragst, ist das meiste Schrott. Eigentlich kommen nur drei in Frage. Hier, diese Anja aus Krakau. 19 Jahre alt, spielt Klavier, liest viel und mag Kinder, steht hier. Ja hoffentlich. Wo ist denn das Foto? Hier. Nee. Die nicht.

Wieso? Die ist zu hübsch. Die kommt mir nicht ins Haus. Dann vielleicht die aus Moldawien. Alena, 20, spielt Klavier, liest viel ... wer's glaubt. Merkwürdigerweise kommt die über die gleiche Au-pair-Agentur wie die Polin. Wo ist eigentlich Moldawien?

»Irgendwo im Osten« ... das hätte ich auch gewusst. Danke. Mensch, Alex, jetzt hilf mir doch ein bisschen.

Natürlich eilt es. Ich will so schnell wie möglich nach der Geburt wieder einsteigen. Wir haben im Oktober den Relaunch von »Belezza«. Ich hab nur zehn Wochen, um die ganze Zeitschrift umzukrempeln ... Vielleicht ist es ja auch die hier: Antonia aus Portugal, ist 22, kann nix, mag aber Kinder. »... will Deutsch von Grund auf lernen.« Heißt im Klartext: Kann nicht ein Wort. Sieht aber wenigstens nicht gut aus. Die wär vielleicht was. Alex! Jetzt sag doch auch mal was! Aber die Polin scheidet aus.

Münze schmeißen? Meinetwegen. Also, Zahl ist Moldawien, der Adler ist Portugal.

Zahl. Moldawien. Wo ist die Telefonnummer? Rufst du an? Ich fühl mich nicht so.

Nein, du kannst nicht heute Abend anrufen. Da ist der Geburtsvorbereitungskurs. Das ist wirklich süß, dass du da mitkommst.

Aaaaaaaaaa!!! Ooooooooo!!! Und jetzt mal nur die Männer bitte. Aaaaaaa!! Ooooooooo!! Fühlen Sie es? Nein, Sie fühlen es nicht. Können Sie auch nicht. Denn unser Wehensingen im Rahmen einer ganzheitlichen Geburtsvorbereitung dient ja der Entspannung im Moment des Schmerzes. Und noch mal: Aaaaaaa!! Ooooooo!! Atmen Sie! Singen Sie!

Bei der Geburt lösen Sie durch die gesungenen Vokale die Verkrampfung. Das mag Ihnen jetzt noch abstrakt erscheinen, aber wenn der Schmerz erst da ist, müssen Sie die Technik beherrschen. Sonst ist es zu spät. Sie müssen die Wehen durch den Gesang gewissermaßen verarbeiten. Und dann öffnet sich auch der Muttermund schneller. Wie bitte? U? U geht natürlich auch. Aaaaaaa!! Uuuuuuu! Sehen Sie diesen Tennisball hier? Ich möchte nun die Männer bitten, sich dort drüben jeweils einen Tennisball zu nehmen … Hat jeder einen? Sehr schön. Jetzt hocken Sie sich bitte hin und setzen sich auf den Tennisball. So, dass er hier unten liegt, direkt unter dem Damm … Ja, ja, natürlich tut das weh. Ich möchte Ihnen nur einen kleinen Eindruck von dem Schmerz geben, den Ihre Partnerinnen teilweise über Stunden hinweg erdulden müssen. Schließen Sie die Augen, meine Herren! Atmen Sie! Singen Sie! Aaaaaaa!! Ooooooo!! Nein, nicht »Au«! Aaaaaaa!!!!

Las Dunas Beach Resort, *16. Januar 2000*
Canyamel, Mexiko

Hola Alexito,

estas bien? Hoffe, Dir geht's so gut wie mir. Echt schade, dass Du nicht hier sein kannst. Jason, unser Regisseur aus Miami, rockt hier echt den Laden. Jede Nacht 'ne Zimmerparty. Ich will's mal so sagen: Du ahnst ja nicht, was man mit einem Tennisball alles machen kann. Hast Du mal versucht, einen auf dem Schwanz zu balancieren? Jason kann's. Nächste Karte kommt.

Adiós!

Vigo

`***sms***Alex, warten auf Text. Red.-Schluss ist um 12. Christian***sms***`

Mehr Bock auf Boxster?

»Automagazin«-Redakteur Alex Thomsen hat den Boxster mit neuem 220-PS-Motor und Facelift schon gefahren.

»Signore, noch ein Espresso?«, fragt Luigi, der Barista in Positano. Ich lehne dankend ab. Es ist kurz vor acht am Morgen. Noch gehört die Straße mir. Mir und dem neuen Boxster 2,7. Schon beim Starten wird klar: Hier will's jemand wissen. Die Stuttgarter Sound-Designer haben ganze Arbeit geleistet. Ein tiefes Grollen, begleitet von heiseren Obertönen, bahnt sich durch das ovale Auspuffrohr seinen Weg in den kampanischen Morgen. Selbst die italienische Mama, die gerade in der Panificio an der Ecke Dutzende Panini gekauft hat, hält inne und lauscht ehrfurchtsvoll. Kupplung, erster Gang, Gas. Langsam ganz langsam, rollen die 255er Breitreifen über das Kopfsteinpflaster vor der Kirche Santa Maria Assunta. Ist es wirklich Zufall, dass in diesem Moment die Glocken läuten? Ich stoppe kurz, und per Knopfdruck öffnet sich in nicht mal zwanzig Sekunden das elektrische Verdeck. Jetzt darf es schon ein bisschen mehr Gas sein, denn vor mir liegen die legendären Kurven der Amalfitana. Traumsportwagen trifft Traumstraße. Dank des aufpreispflichtigen Sportfahrwerks, mit der deutlich härteren Abstimmung, frisst der Mittelmotor-Roadster eine

Kurve nach der andern wie auf Schienen. Que bella macchina! Das lederbespannte Gestühl bietet dabei ausreichend Seitenhalt und macht die rauschhafte Kurvenjagd auch zu einem äußerst komfortablen Vergnügen. Voller Vorfreude schalte ich runter, denn hinter der nächsten Kurve erwartet mich eine längere Gerade. Schon der kleinste Druck aufs Pedal macht deutlich, wie viel besser der neue Boxster am Gas hängt. Man mag kaum glauben, dass es nur 16 PS sind, die meinen Testwagen vom Vorgängermodell trennen. Der Gewinn an Elastizität ist deutlich spürbar. Die Folge ist eine viel gelassenere Fahrweise. Denn der Boxster-Fahrer weiß nun, dass er speziell bei Überholvorgängen im mittleren Drehzahlbereich stets über ausreichende Reserven verfügt. Bei aller Gelassenheit sollte man die Tachonadel aber nie aus den Augen lassen. Denn scheinbar mühelos stemmt sich der Boxster gegen den Fahrtwind und erreicht Geschwindigkeiten, die selbst bei italienischen Ordnungshütern auf wenig Begeisterung stoßen. Wäre ich zu schnell gewesen, hätte ich auch Katharina übersehen, die schwedische Studentin, die an diesem Morgen an der Piazza auf eine Mitfahrgelegenheit hofft. Bella donna! Natürlich halte ich an. Und da der Boxster sowohl vorne als auch hinten über einen Kofferraum verfügt, ist auch der Transport ihres Reiserucksacks kein Problem. Sie will nach Neapel. Und ich? Nun, das griffige Lederlenkrad

in beiden Händen weiß ich: Für mich ist an diesem Morgen eh nur der Weg das Ziel. Warum also nicht nach Neapel? Hochschalten und Gas geben. Vom Meer her weht eine frische Brise durch das offene Cockpit. Neben mir flattern blonde Haare im Fahrtwind. La vita e bella!

Die ist ja wirklich blond. Hast du die Fotos selbst gemacht, Alex?

Ja. Kuck mal, Christian, das hier ist auch ganz schön. Aus Schweden war die natürlich nicht. Slowakei. Aber das fand ich für den Artikel irgendwie unsexy.

Dieses hier ist auch gut, wo die Kirche sich in der Motorhaube spiegelt. Ich denk, das nehmen wir für die Doppelseite. Und hier die vier mit Capri im Hintergrund, machen wir als so eine Leiste links auf der Seite.

Ich hab auch überlegt, Christian, ob wir ihre Augen hier auf dem Foto blau machen. So voll Schweden-Klischee.

Gute Idee. Ich geb's mal in die Grafik.

Gut. Aber der Björn soll nicht wieder so übertreiben. Nachher hat sie auf dem Bild wieder zwei Meter lange Beine und 80 Doppel D.

Text ist gut, Alex. Nehmen wir so. Irgendwo müssen wir noch zweihundert Anschläge streichen. Kriegst es dann noch mal zu lesen.

Gut, Christian. Dann war's das, oder?

Ne, bleib mal noch 'n Moment. Brandy?

Mittags?

Egal. Alex, ich bin raus.

Du bist was?!!

Raus. Ich krieg 'n dicken Scheck, zum 1.4. Umstrukturierung, Relaunch, blabla.

Die können dich doch nicht einfach absägen.

Tun sie offiziell auch nicht. Ich könnte rüber in die Personalplanung. »Beförderung«. Gleiches Gehalt, nix zu sagen. Ich hab ihnen den Finger gezeigt. Den Winter bleib ich erst mal in unserem Häuschen in Ste Maxime.

Mensch, Christian, die Auflage ist doch okay. Du machst hier seit zehn Jahren den Chef und du machst es gut.

Ja, ja, aber die Anzeigen: satte 40 Prozent weniger letztes Jahr. Konjunkturflaute hin oder her, schuld bin natürlich ich. Außerdem soll sich »Automagazin« am Markt neu positionieren, andere Zielgruppen: vor allem mehr Frauen.

Mehr Frauen?! Wir sind 'ne Autozeitung!

Irrtum. Wir sind demnächst ein »Lifestyle and Mobility«-Magazin.

Wer sagt denn das?

Meine Nachfolgerin.

Jetzt nehm' ich 'nen doppelten Brandy.

Halt dich fest: Es ist Svenja Richter.

Die Richter??!!

Genau. Die zukünftige Ex-Chefin deiner Frau. Unser Oberboss hat sie von »Belezza« weggekauft.

Die Richter? Die fährt doch nur Fahrrad.

Ja …

Die kann doch 'n Auto nicht von einem Heizungskessel unterscheiden.

Ja …

Und sie ist eine beschissene Chefin! Redet nicht mit ihren Leuten. Schließt sich in ihr Büro ein und schreibt nur Mails.

Ja …

Die wird den Laden hier komplett auf links drehen. Nichts wird mehr so sein, wie es vorher war.

Ja …

Wär die ein Kerl, würde man sie wegen sexueller Belästigung längst rausschmeißen. Die nutzt gnadenlos aus, dass sie Chefin ist, und macht sich an jeden Kerl unter dreißig ran. Was glaubst du, was mir Inga schon alles erzählt hat? Die Frau ist eine Katastrophe.

Ja. Hab ich doch alles hier auch erzählt. Vergiss es, die Gesellschafter wollen 'ne Frau. Kuck dich doch um: ist der Trend. Wenn wir Kooperationen mit dem Fernsehen machen, habe ich es fast nur noch mit Redakteurinnen zu tun. Mein Schwager schreibt Drehbücher. Der sagt, das Männerbild im Fernsehen wird inzwischen fast ausschließlich von Frauen bestimmt. Der kriegt die Krise, was die ihm alles abschmettern.

Ja aber da muss man doch gegenhalten, Christian!

Kannst mich ja mal besuchen, in Ste Maxime.

Pressemitteilung der Betmann-Verlagsgruppe

München. Svenja Richter wird neue Chefredakteurin des »Automagazin«. Die 43-jährige Hamburgerin wird die Aufgabe zum 1.4.2000 übernehmen. »Das ist eine Auszeichnung und gleichzeitig auch eine große Herausforderung für mich:«, sagt die Journalistin, die zuvor schon Publikationen wie »Kniffliq - das Rätselmagazin«, »Mein Garten«, »Herz an Herz«, »Fit und schlank«, »Fit und gesund«, »Fit und fit« sowie zuletzt »Belezza« zu Erfolgstiteln im Printmarkt gemacht hat.
Für die begeisterte Autofahrerin geht mit der Leitung des »Automagazin« ein lang gehegter Wunsch in Erfüllung. »Während meine Freundinnen noch mit Puppen gespielt haben, habe ich schon die Autozeitungen meines Vaters durchgeblättert und mit Matchboxautos gespielt«, erzählt Frau Richter amüsiert.
Als Vollblut-Teamplayerin sucht sie stets den direkten Kontakt zu ihren Mitarbeitern und fügt hinzu: »Es gibt nichts, was sich nicht in einem direkten Gespräch lösen ließe.«
Ausdrücklich lobt Svenja Richter ihren Vorgänger Christian Bohrmann, dessen erfolgreiche Linie sie fortführen will: »Wir

werden sicherlich hier und da etwas optimieren und einen insgesamt etwas feminineren Lifestyle-Touch an den Start bringen. Es geht mir darum, das ›Automagazin‹ ein bisschen frischwärts zu positionieren. Unsere treuen Leser wollen wir dabei natürlich nicht vergessen und auch für den neuen Stil begeistern.«
Unterstützt wird die neue Chefredakteurin von einem jungen, engagierten Führungsteam: Benjamin Schulz (27), Marco Tieling (28) und Stefan Rohbach (24). Die bisherigen Ressortleiter Dieter Meierling (47) und Rolf Schulze-Hut (53) wollen sich neuen Aufgaben im Verlag widmen.
Informationen und Fotos: Betmann-Verlagsgruppe, Inka Müller, 089/22430001

Da bist du ja. Komm, Alex, setz dich. Kuck mal, ich hab uns was Leckeres gekocht und den Brunello aufgemacht. Ich kann ja nur ein kleines Schlückchen. Aber ich dachte … also pass auf: Es gibt was zu feiern. Du glaubst nicht, was ich heute erfahren habe. Der Hammer. Der absolute Hammer. Weißt du, wer »Belezza« verlässt?

Woher weißt du das? Egal. Und jetzt rate mal, wer neue Chefredakteurin werden soll.

Doch! Doch wirklich! Ist das nicht der Hammer? Der absolute Hammer! Ach Alex, ich freu mich so. Ich mein, ich hätte doch nie gedacht, dass die mich fragen. Freust du dich?

Du bist süß. Ich bin so glücklich. Wir müssen das mit dem Au-pair vorantreiben. Ich will die Baby-Pause so kurz wie möglich halten. Ach Alex, wir kriegen ein Baby! Und deine Inga wird Chefredakteurin! Ich kann's noch gar nicht glauben. Wir sollten … Autsch! Mein Bauch!

Was soll ich? Ja, ja. Badewanne, mach ich ja.

Ja, flach atmen auch. Wie soll ich mich denn jetzt beruhigen? Ich kann mich nicht beruhigen.

Jetzt hör doch auf mit diesem »Ahhhhh! Ohhhhh!«! Das sind doch nur die ersten Wehen.

23 Uhr

Mann, war der Flori ein Brocken: 56 Zentimeter, 7400 Gramm.

4700? Kann auch sein. Ja, Sie haben recht, Gala. 7400 wär gar kein Kind. Kasten Bier vielleicht. Ich nehm auch noch eins. Spannend so 'ne Geburt. Sieht auch nich' so lecker aus. Aber dieser erste Ton … also wenn sich zum ersten Mal die Lungen füllen und es »Wähhh!« macht … also wem da nicht die Tränen kommen, der ist kein Mensch.

Ja.

Drei Tage war meine Frau im Krankenhaus. Ich?

Ich war mit Vigo unterwegs. Drei Tage. Der hat mich ganz schön abgefüllt. Aber ich hab alles gemacht; Kinderzimmer, diesen Ikea-Krempel zusammengebaut. Wickeltisch »Windelö« oder wie dieser ganze Kram heißt. Babyfon gekauft, Mobile, Spieluhr, Rassel. DutziDutzi … sogar Bärchen hab ich an die Wand gemalt. Musste ich aber wieder wegmachen. »Da kriegt der Flori Angst von«, hat Inga gesagt. Na gut. Ehrlich gesagt: In Bärchen bin ich nicht so gut. Haben Sie mal einen Stift? Kommen Sie, ich mal Ihnen mal eins. Und?

Stimmt, könnte auch ein Hund sein. Ein Schreibtisch? Ja, ja genau, könnte auch ein Schreibtisch sein.

Und dann kamen die beiden heim. Haben Sie schon mal sieben Monate nicht geschlafen? Also nicht länger als zwei Stunden am Stück? Man kommt da einfach an Grenzen. Wenn Sie denken, Sie sind über dreißig und Sie kriegen schon alles hin im Leben. Vergessen Sie's. So ein Kurzer kriegt Sie weich. Der macht Sie total alle. Man ist ständig wie im Tran. Geschrei. Wickeln. Füttern. Geschrei. Ob Sie's glauben oder nicht: Manchmal hab ich abends erst gemerkt, dass ich den ganzen Tag noch nix gegessen hab.

Danke. Zum Wohl! Wollen Sie nicht doch was mittrinken?

Gut, dann später.

Untertitel. Gucken Sie manchmal Filme mit Untertiteln?

Normal nich'. Ich auch nich'. Haben wir aber damals gemacht. Wenn Sie die ganze Zeit ein schreiendes Baby auf dem Arm haben, sind Sie froh, wenn Sie wenigstens was lesen können. Wir haben auch gerne »Wer wird Millionär?« gekuckt. Wenn man schon nix hört, kann man wenigstens unten die Fragen lesen. Wie bitte?

Klar hab ich Windeln gewechselt. Warum sollen Männer keine Windeln wechseln? Da wird irgendwie viel Theater drum gemacht. Hintern untern Wasserhahn. Schwapp, Schwapp! Abtrocknen. Neue Pampers. Fertig. Am Anfang riecht das ja nicht mal. Aber dann kommen die Möhren. Geht eigentlich auch noch. Aber wenn Fleisch dazukommt … Mannomann! Na ja, gibt Schlimmeres. Zum Beispiel, dass man für nichts und niemanden mehr Zeit hat.

Mail
von: lacosta.hotel@espana-online.es
an: alex.thomsen@d-online.dt

Hola Waschlappen,

na, steckst Du wieder bis zu den Ellbogen im Möhrendünnpfiff? Ach ne, kann ja gar nicht sein. Is ja zu früh. Weiß ich von Dir. Hast Du mir nicht neulich zwischen dem vierten und dem zwölften Bier erzählt, dass die Biester Möhrenpampe erst mit ein paar Monaten runterwürgen? Vorher heißt es ja nur »Ran an die Mutter!«. Bei mir hier übrigens auch. Ha, Ha! Vorsaison an der Costa Brava ist geil. Cadaques ist der Hammer! Da kommen die alleinstehenden Bildungs-Tussis. Kucken sich hier das Dali-Haus an. Ziemlich abgefahren übrigens. Der hatte 'nen Eisbär im Flur. So ein Riesenbursche mit offenem Maul, der dich anglotzt, sobald Du die Haustür aufmachst. Würde Deinen Kurzen trotzdem weniger erschrecken als die Bären, die Du so malst. Jedenfalls gebe ich hier bei den Mädels den Dali-Experten. Pinseltechnisch bin ich ganz vorne, wenn Du verstehst, was ich meine. Mit meiner unglaublichen Möhrenkompetenz konnte ich übrigens vorgestern auch punkten. Alleinerziehende Mutter aus Freiburg. Wir haben uns gegenseitig das Fläschchen gegeben. Vino Tinto satt. Du siehst also, alles supi

hier. Trotzdem blöd, dass Du nicht mitgekommen bist. Hoffe, Du musst den Scheißer nicht wickeln, bis er sechzehn ist. EINE ausgefallene Biketour reicht. Hombre, Deine nächste Ausrede wird die letzte sein. Zur Not muss man auch mal einen Freund erschießen. Ha, Ha!
So, jetzt mach ich mich rüber zum Dali-Haus. Ich geb 'ne Privatführung. Inklusive Gemächer.

Hasta luego,

Vigo

von: s.richter@betmannverlag.de
an: a.thomsen@betmannverlag.de

betreff: optimierung

Hallo Herr Thomsen,

ich bin heute Nachmittag leider nicht im Haus, da ich ein mehrstündiges Kreativmeeting mit Herrn Rohbach habe. Deshalb auf diesem Weg schnell ein paar Anmerkungen zu Ihren letzten Artikeln. Wie Sie wissen, ist mein Credo der letzten Wochen »go female«. Was unser neues Cover-Layout mit dem limonengrünen Automagazinlogo verspricht, müssen wir auch contentmäßig auf unseren 120 Seiten einlösen. Ich bin

sehr glücklich, dass die meisten KollegInnen mir mit großem Engagement auf diesem Weg folgen. Da wir von einer Optimierung eines ja ohnehin guten Produktes reden, sind es ja oft nur Kleinigkeiten beim Wording, die den Unterschied ausmachen. Konkret auf Ihre Arbeit bezogen bedeutet das, dass ich Formulierungen wie »spurtstarker Bolide«, »wohl gerundetes Hinterteil« oder »rauschhafte Kurvenjagd« in meinem Magazin nicht mehr lesen möchte. Auch zu »Geschwindigkeiten, die bei Ordnungshütern auf wenig Begeisterung stoßen« möchte ich unsere LeserInnen nicht animieren. Und last but not least: Im optimierten »Automagazin« sitzt die Frau selbst hinter dem Steuer und steht nicht blond gelockt am Straßenrand. Auch wenn man – wie Sie – stramm auf die vierzig zugeht, sollten Sie in der Lage sein, eingefahrene Gleise zu verlassen und altgediente Klischees zu vermeiden. In Stufe 2 unserer Personaloptimierung wird demnächst ohnehin Herr Rohbach die Leitung des Bereichs »Sportwagentests« übernehmen. In ihm finden Sie einen kompetenten Vorgesetzten, der meine Linie bereits voll und ganz verinnerlicht hat.
In hoffe auf eine fruchtbare Zusammenarbeit.

Gruß

Svenja Richter

P.S. Für die immer wichtiger werdende Sparte »Citycars & Mini-Vans« bräuchte ich noch einen alten Silberrücken wie Sie, Alex. Die jungen Kollegen Schulz und Tieling haben mich von ihren vielseitigen Talenten bisher sehr überzeugt. Bei der klassischen »Schreibe« hapert es allerdings noch ein bisschen. Wie wär's?

Also Alena, willkommen! Ich bin Inga. Hier in Ihrem Bewerbungsschreiben steht, Sie können Klavier spielen. Das finde ich ganz toll. Flori soll von der ersten Minute an mit Musik groß werden. Musikalische Früherziehung ist mir sehr wichtig. Spielen Sie doch mal ein bisschen.

Wie bitte? Ja, das ist das Klavier. Setzen Sie sich doch … Sie wissen schon, dass Sie erst den Deckel aufmachen müssen? … Aha … sehr modern … irgendwie ungewöhnlich für westliche Ohren.

Aha, ein moldawischer Komponist. Nun gut, ich werde Ihnen vielleicht auch ein paar Noten von Beethoven oder Mozart geben. Aber nun erzählen Sie doch mal ein bisschen von sich.

Was haben Sie gesagt? Könnten Sie das bitte noch mal wiederholen?

Nehmen Sie es mir bitte nicht übel, Alena, aber ich muss mich erst ein bisschen einhören, wenn Sie Deutsch sprechen.

Wie bitte? Disco? Ja, hier in Gauting gibt es eine Disco. Mir wäre es aber lieber, Sie würden sich erst mal mit dem Kinderzimmer vertraut machen.

K-I-N-D-E-R-Z-I-M-M-E-R!!!

Gautinger Bote, Montag, 3. April 2000
Lokales

Schlägerei vor Disco

Einen Schwer- und zwei Leichtverletzte forderte in der Nacht zum Sonntag eine Schlägerei vor dem Gautinger »Boogie Land«. Gegen 2 Uhr 15 waren zwei Männer südländischen Typs in Streit um eine 20-jährige Frau geraten. Alle drei waren stark angetrunken. Die herbeigerufene Polizei brauchte fast eine Viertelstunde, um die Situation in den Griff zu bekommen. Alle drei wurden festgenommen. Die 20-jährige Frau stammt offenbar aus Moldawien. Ihre Ausweispapiere sind gefälscht. Sie spricht nach Polizeiangaben kein Wort Deutsch und wurde zur Ausnüchterung in Gewahrsam genommen. Zum Zeitpunkt der Festnahme trug sie einen sehr kurzen Minirock und ein transparentes Bustier. Sie ist 1,70 Meter groß, hat dunkle lange Haare und gibt ihren Namen mit Alena an. Hinweise zum Wohn- oder Aufenthaltsort der Frau nimmt die Polizei Gauting entgegen.

Also Antonia, schön, dass Sie kurzfristig doch noch kommen konnten. Ihre Vorgängerin musste leider wegen familiärer Verpflichtungen zurück nach Moldawien. Sie verstehen doch, was ich sage, oder?

Sí. Das ist gut. Bueno. Reicht ja erst mal, das mit dem Sprechen kriegen wir schon hin. Sie sind ja auf dem Land aufgewachsen.

Ja, Alentejo. Schön. Das finde ich ganz toll. Flori soll von der ersten Minute an naturverbunden aufwachsen. Kommen Sie, ich zeige Ihnen jetzt erst mal die Küche.

Wie bitte? Electri… was?

Ach Electricidade. Wo Sie aufgewachsen sind, gibt es nicht immer Strom. Schauen Sie, hier schaltet man den Herd ein, mit diesem Schalter die Kaffeemaschine, hier ist der Fläschchenwärmer, und das ist die Mikrowelle.

Wie bitte? Dificil? Nein, nein, das ist nicht schwierig, das schaffen Sie schon. Vorsicht! Ihre Jacke dürfen Sie nicht auf den heißen Herd legen.

Herd! Das ist der Herd. H-E-R-D!!

Gautinger Bote, Dienstag, 11. April 2000
Lokales

Feuerwehr rückt aus

Einen Sachschaden von ca. 50 000,– DM forderte am Montag Nachmittag ein Brand in der Gautinger Wettersteinstraße. Personen kamen nicht zu Schaden. Nachbarn hatten bemerkt, wie beißender schwarzer Rauch aus dem Küchenfenster eines Einfamilienhauses drang, und sofort die Feuerwehr alarmiert. Bei ihrem Eintreffen fanden die Floriansjünger das unverletzte Baby der abwesenden Hausherren im Vorgarten. Es war dort in Decken gewickelt abgelegt worden. Brandstiftung kann ausgeschlossen werden. Ursache des Feuers war vermutlich ein auf dem heißen Herd abgestellter Maxi-Cosi-Kindersitz. Auch die Mikrowelle weist nach Angaben der Feuerwehr Spuren einer Detonation auf. Im Zusammenhang mit dem Brand sucht die Polizei nach einer 22-jährigen Frau aus Portugal. Sie ist

1,66 Meter groß, hat dunkles, schulterlanges Haar und ist vermutlich zu Fuß unterwegs. Sie hat eine rote Reisetasche bei sich. Hinweise bitte an die Polizei in Gauting.

Hier riecht's doch immer noch verbrannt, oder?

Ach, Alex, das musste doch nicht auch noch sein. Hat die Versicherung schon überwiesen?

Das war ja klar, diese Gangster.

Wen? Anja? Nein! Nein! Nein! Die Polin probieren wir jetzt nicht auch noch aus. Zwei Katastrophen reichen. Es muss was passieren, Alex. Wir können Flori nicht dauernd bei meiner Mutter parken, die schafft das auch nicht mehr wie früher. Morgen zum Beispiel haben wir schon ein Problem: Du fliegst nach Hannover, um diese dämlichen Autos zu testen, und wir machen das Heft zu. 18 Uhr ist Redaktionsschluss.

Wie bitte?

Ja, dann sind es eben keine dämlichen Autos. Du weißt doch, wie ich das meine. Mutti kann nur bis 12, dann hat sie ein Bridgeturnier in Garmisch.

Mitnehmen? Entschuldige bitte: Ich bin die Chefin, ich kann doch da nicht mit einem schreienden Säugling auf dem Arm in der Konferenz sitzen.

Nein, der Sauger muss andersrum auf die Pumpe. Und jetzt mach bitte den Stecker rein, ich muss abpumpen. Ich brauch sechs Portionen für Flori, wenn ich morgen nicht da bin. Wenn's zu viel ist, kann ich den Rest von der Milch ja einfrieren … Autsch! Das zieht. Dieses Ding saugt wie die Hölle.

Nein, du darfst nicht probieren. Lass den Unfug. Sag mir lieber, wie wir das morgen machen sollen. Kannst du den Test nicht verschieben? Wenn du übermorgen erst fliegst, kann ich zuhause bleiben. Und den Artikel über diese Vans kannst du dann ja auch hier schreiben. Apropos, hast du mal gefragt, ob wir günstig an so ein Ding drankommen? Wär schon praktisch, die haben echt viel Platz. Da passt der Kinderwagen hinten rein und das Bettchen.

Nein, keine DREI Autos. Ich dachte, wir verkaufen deinen Triumph. Dieses englische Mistding springt doch sowieso nie an. Und er hat nur zwei Sitze.

Ja, ich weiß, dass du dran hängst. Aber das Motorrad hast du ja auch noch. Gabi sagt, Holger hat aufgehört mit dem Motorradfahren, als Lukas geboren wurde. Der ist vernünftig.

Ja, da müssen wir jetzt nicht drüber reden. Was ist mit morgen? Bleibst du hier?

smsThomsen, warten auf Text. Red.-Schluss ist um 12. S. Richter***sms***

Alle können mit!

Automagazin-Family-Redakteur Alex Thomsen vergleicht Renault Espace und VW Sharan

»Sie haben die Windeln vergessen!«, ruft die Kassiererin im Drogeriemarkt. Richtig, die Windeln. Wo tue ich die noch hin? Viele Mütter und Väter kennen das Problem: Der Sohnemann sitzt schon im Kindersitz, das Schwesterchen auch und die beiden Buggys sind im Kofferraum verstaut. Also wohin mit der riesigen Windelpackung? Wenn man jetzt zum Beispiel mit einem rassig-knackigen, pantherschnellen, aber letztlich doch total unpraktischen Porsche Boxster 2,7 unterwegs ist, heißt es Abschied nehmen von den Windeln, von den Buggys oder gar von einem Kind. Das ist nicht für jeden Mann eine leichte Entscheidung, aber als verantwortungsvoller Familienvater hat

man keine Wahl. Ein größeres Auto muss her. Und warum nicht gleich einer von diesen optisch zwar zweifelhaften, aber ungemein praktischen Mini-Vans. Marktführer in diesem umkämpften Segment sind der Espace von Renault und der Sharan von VW. Auf den ersten Blick wirkt der Renault mutiger und moderner gestylt. Aber ist er auch das bessere Auto? Werfen wir einen Blick unter die Haube: »Ach du liebes bisschen!« mag man als Freund feinster Motorentechnik ausrufen. Aber der 1,9 Liter Turbodiesel mit nicht zu üppigen 98 PS meldet sich mit dieseltypischem Nageln und verrichtet brav seinen Dienst. Wenn Papi ein bisschen mehr Bumms unter der Haube möchte, bietet sich freilich der 3,0 V6 Zylinder mit 190 PS an. Da werden selbst die eineinhalb Kilometer zwischen Kindergarten und Tagesmutter zum Vergnügen. Ein reiner Stadtverbrauch von 21 Litern sollte einem der Spaß allerdings wert sein. 3 Liter weniger braucht der VW Sharan mit der stärksten Motorisierung. Zudem verfügt der 2,8 VR6 Syncro über einen Allradantrieb. Ob man den allerdings wirklich braucht, um beim Elternabend vorzufahren, muss jeder selbst entscheiden.
Das Raumgefühl ist in beiden Fahrzeugen sehr gut. Beide bieten Platz für 7, eine exzellente Rundumsicht und schon in der Basisversion eine sinnvolle Ausstattung. Das Fahrverhalten der beiden Vans habe ich auf der B 388 zwischen Inning-

Ottering und Huldsessen getestet. Sicher keine Traumstraße, aber typisch für die alltäglichen Wege, die man mit Fahrzeugen dieser Art zurücklegt. Als Fazit kann man sagen: Beide fahren. Der Sharan wirkt ein wenig straffer abgestimmt und ist das agilere Fahrzeug. Für welchen Van man sich letztlich entscheidet, ist keine Frage des Herzens, sondern eine Frage der Vernunft. Gute und sichere Fahrt!

smsthomsen. so geht's nicht! wir müssen reden. s. richter***sms***

smskeine zeit. bin mit baby bei u3-untersuchung. thomsen. ***sms***

smsthomsen. sie schreiben neu! diesen text nehme ich nicht! keine diskussion! s. richter***sms***

Ste Maxime, 14. April 2000

Hallo Alex,

sonnige Grüße von Deinem Ex-Chef. Ich sitze auf der Terrasse und gebe mir einen schönen Côte de Provence. Die ersten Wochen hier liefen leider nicht so entspannt, wie ich es mir vorgestellt habe. Irgendwelche Idioten sind im Winter in mein Häuschen eingebrochen und haben hier offenbar ein paar Wochen gehaust. Da ich draußen das Wasser abgedreht hatte, haben sie einfach ins Bad gekackt. Halleluja! Das Dach leckt auch. Zwei betrunkene Südfranzosen klettern gerade darauf rum und stopfen die Löcher. Du solltest dringend kommen. Ich hab den Pool wieder auf Vordermann gebracht. Kostet alles ein Schweinegeld. Außerdem läuft noch der Streit mit Susanne über die Alimente. Lass Dich nie scheiden! Kauf Dir nie ein Haus an der Côte d'Azur! Fang nie an zu malen! Ich habe jetzt angefangen zu malen. Im Wohnzimmer stehen vier Großformate. Öl. Eins schlimmer als das andere. Einfach furchtbar. Kein Witz: Ich habe noch nie etwas Hässlicheres, Uninspirierteres und Geschmackloseres gesehen. Aber irgendwas muss ich ja machen. Meine Nachbarn hier, alles Deutsche, machen auch irgendeinen sinnfreien Unfug: töpfern, Gedichte schreiben,

Wein anbauen, blabla. Die meisten haben übrigens damals mit Malen angefangen.

Grüße

Christian

Hoffe, mit Inga und dem Baby ist alles okay. Wie ist die neue Chefin?

smsthomsen! letzte warnung! der text ist bis 16 uhr hier, sonst hat das konsequenzen! s. richter***sms***

Alle können mit!

Automagazin-Family-Redakteur Alex Thomsen vergleicht Renault Espace und VW Sharan

»Sie haben die Windeln vergessen!«, ruft die Kassiererin im Drogeriemarkt. Richtig, die Windeln. Es passen nun mal keine Windeln in einen 1973er Triumph TR6. Und Sie können auch keine Kinder auf dem Rücksitz transportieren, weil es gar keinen Rücksitz gibt. Aber das Ding macht einfach

Spaß. Keinen Spaß hingegen macht die Fahrt in einem Renault Espace oder einem VW Sharan. Gähnende Langeweile auf allen 7 Sitzen. Aber nicht nur dort. Auch unter der Haube mühen sich Motoren, die den Namen nicht verdienen. Straßenlage? Stellen Sie sich vor, Sie sitzen zu viert in einer schaukelnden Gefriertruhe. Komfort? Nehmen Sie Ledersitze. Wenn die Kinder sich darauf erbrechen, kriegt man sie einfach leichter sauber als Stoffsitze. So, und jetzt fahren wir mal ein Stück. Schon ein paar Kilometer weiter steht eine blonde schwedische Tramperin am Straßenrand. Sie wirft einen Blick auf das Ding, mit dem ich unterwegs bin, und versteckt sich in Sekundenschnelle hinter einem Baum. Fazit: Für welchen Van man sich entscheidet, ist letztlich keine Frage des Herzens. Es ist auch keine Frage der Vernunft. Es ist schlicht und ergreifend scheißegal.

Medien-Report, Personalien

Rubrik: kurz notiert.

Die Betmann-Verlagsgruppe teilt mit, dass die Umstrukturierung beim »Automagazin« in eine zweite Phase geht. Neu im Bereich Test & Technik sind Jan Keilbach (23) und Frank Steimel (21).

Chefredakteurin Svenja Richter verweist darauf, dass beide langjährige Berufserfahrung mitbringen. Keilbach und Steimel ersetzen Alex Thomsen (38), der künftig Sonderaufgaben betreut.

24 Uhr

Kein Job mehr. Das kannte ich auch noch nich'. Ich hab immer gearbeitet. Immer. Schule, Studium und dann direkt in den Job. Hat ja auch Spaß gemacht.

Stehen Sie auch nur auf junge Kerle, Gala?

Klar, dass Sie das sagen. Danke. Sie sind ganz schön nett. Ich weiß, »nett« darf man nicht sagen. »Nett« heißt irgendwie gar nix. Fast so schlimm wie »Sie sind wie eine Mutter zu mir«. Da muss man sich ducken als Mann, wenn man den Satz gesagt hat.

Hübsch sind Sie auch.
Sehr.
Bin ich eigentlich der Letzte hier? Sieht so aus. Darf ich noch bleiben?

Ne, danke. Kann kein Bier mehr sehen. Vielleicht irgendwas anderes. Irgendwas, was weh tut. Was mir morgen leidtut.

White Russian? Ist das nicht diese süße Tunke, mit diesem Kaffeezeug?

Klingt widerlich. Nehm ich.

Ich war dann erst mal zuhause. Kam irgendwie automatisch. Inga hatte einen Superjob. Viel Kohle. Das mit den Au-pair-Mädchen war nix. Und Papi hatte keinen Job mehr.
Danke. So sieht der aus? Irgendwie schleimig … Jetzt weiß ich, woher ich White Russian kenne: der Dude. Wie heißt der Film noch?

Nein, nicht »Titanic«! … Lebowski! Genau: »The Big Lebowski«. Jeff Bridges. Legendäre Sätze: »Dunkelheit schwappte über den Dude hinweg. Dunkler als der Allerwerteste eines schwarzen Stieres in einer mondlosen Prärienacht.« … Finden wahrscheinlich nur Männer gut so was. Was mögen Sie für Filme?

»Notting Hill«. Ja, der ist nett. Doch.

Keine Frage: Hugh Grant sieht gut aus. Toller Typ und so.
Alles besser als Pippi Langstrumpf. Kennen Sie Pippi Langstrumpf? Wer Kinder hat, kennt Pippi Langstrumpf.

Genau, mit den Zöpfen. Und der Affe. Und das Pferd. Wissen Sie, wie das Pferd heißt?

Ich weiß es. Hab ich schon zweimal 'nen Kasten Bier mit gewonnen. Kleiner Onkel. Den ersten Pippi-Film, den hab ich zwanzigmal gesehen. Locker. »Pippi geht von Bord« auch. »Pippi in Taka-Tuka-Land«, das war der Hit. Den hat der Flori bestimmt fünfzigmal gesehen.

Stimmt, der mit den Piraten. Genau. Und der Vater von Pippi ist eingesperrt, weil ... ach, ist ja auch scheißegal.

Auf jeden Fall war ich zuhause. Harte Zeit. Aber auch schön. Irgendwie ging's.
Der Richter bin ich erstmal mit Erziehungsurlaub gekommen. Das war großartig. Da konnte die dämliche Ziege mal zeigen, wie familyfreundlich sie unterwegs ist. Die wurde limonengrün, wie ihre Scheißzeitschrift! War ja eh klar, dass ich da keinen Fuß mehr in Tür setzen würde. Und vorher sollte sie noch ein bisschen bluten ... Sie sagen bitte, wenn ich Sie langweile.

Echt hart die ersten Monate. Ein Wunder, dass Inga bei all dem Stress noch mal schwanger wurde. Ich glaub, ich muss nur die Hose nebens Bett hängen, schon ist sie schwanger. Also damals. Passte natürlich gar nicht. Chefredakteurin und schon wieder schwanger. Was sollte ich da machen?

Haben Sie noch irgendwas zu essen? So was Salziges, Fettiges wär gut.

Nüsse? Ja … dann eben Nüsse. Das finde ich super, dass Sie da einen Löffel dazutun. Die meisten Leute grabschen ja an der Bar immer mit den Fingern in die Nüsse. Weiß nicht, ob's stimmt. Aber angeblich sind in diesen Nussschalen schon mal bis zu vierzehn verschiedene Urinsorten gefunden worden. Echt fies. Die Leute kommen vom Klo und nehmen sich dann die Nüsse. Buähhh!

Mit EINEM Kind is' hart. Aber mit zwei Kindern is' es die Hölle. Also am Anfang. Wenn Ihnen mal irgendein Schwachkopf erzählt, mit zwei Kindern hätten Sie so was wie »Synergieeffekte«, dann hauen Sie ihm eine rein. Oder was Frauen so machen. Treten Sie ihn mit Ihren Stöckelschuhen in den Hintern.
Übrigens auch schön, die Schuhe. So hoch. Kann man damit hinter 'ner Bar überhaupt arbeiten?

Ich hab mich mal als Frau verkleidet. Karneval. Wenn Sie mal Pumps in Größe 46 brauchen, ich hab die noch. Drei Tage konnte ich danach nicht laufen.

Ja, ich weiß, Sie haben die immer an. Gut so. Wenn Männer eins hassen, sind es Ballerinas. Männer wollen High Heels. Immer. Wenn Ihnen ein Typ sagt: »Du hast aber schöne Ballerinas an«, dann verlassen Sie ihn. Auf der Stelle. Der lügt. Der will High Heels. Nix sonst.

Der Tobi war ein Kaiserschnitt. Ich kann nur Jungs.

Hab ich schon gesagt, oder? Is' aber so. Mädchen wär auch schön gewesen. Wär 'ne Eva geworden. Meine erste Liebe hieß Eva. Hab ich Inga aber nicht gesagt, sonst hätte sie einen anderen Namen gewollt. Ja. Is' ja auch wurscht. Der Tobi war ja kein Mädchen. Also is' er immer noch nicht.

Was wollte ich sagen? Ach so. Ja. War ja klar: Als der Tobi da war, mussten wir irgendwas ändern. War nicht so leicht. Vigo hat das damals überhaupt nicht verstanden. Der is' aus allen Wolken gefallen. Wir hatten da noch mal so eine Wochenendtour gemacht, mit unseren Bikes.

Was?

Ne, nicht Mountainbike. Hier so, brumm brumm, Motorrad. 1200 Kubik. Ich würd Sie ja mal mitnehmen, aber ich hab das Ding verkauft. Na jedenfalls wusste ich damals auch noch nicht, dass das erst mal die letzte Tour mit Vigo sein würde.

Was für Kurven, Alex!! In der vorletzten gab's Funken. Voll mit der Fußraste über den Asphalt.

Ehrlich gesagt, sah das ziemlich knapp aus, Vigo. Der Typ mit dem Wohnmobil hätt dich fast erwischt.

Kein Thema. Dein Vigo ist ein Kontroletti. Da waren noch locker drei Meter Platz. Da kannste noch ein Haus dazwischenbauen. Bohaa, ganz schön schattig hier oben. Wie hoch ist denn dieser verdammte Pass?

2600.

Scheiße. Bei so dünner Luft kommen 15 PS weniger aufs Hinterrad. Und jetzt talwärts mein Lieber. Wer zuerst in Meran ist, kriegt vom anderen das Dinner bezahlt und darf die Kellnerin mitnehmen. Ha, Ha!

Paar Minuten noch, Vigo. Der Blick ist einfach der Hammer.

Ja, Gegend halt. Jetzt komm, wir wollen hier mal wieder ein bisschen Gummi auf der Piste lassen. Da kommt der Idiot mit dem Wohnmobil schon wieder. Alex, dein Vigo tut jetzt mal 'nen großen Schwur. Wenn ich je mit so einer Plastikburg und vier Kindern drin durch die Berge zockle, darfst du mich direkt erschießen. Musst auch nicht vorher anrufen. Einfach bumm. Ich will mit dem Hinterkopf auf die Raviolidosen fallen, direkt neben dem Bobbycar. Und jetzt los!

Ach komm, 'n bisschen noch.

Was ist denn los? Mittagsdepression?

Ne, ne.

Erektionsstörungen? Ärger im Job?

Ich hab keinen Job mehr.

Was?!

Hab die Brocken hingeschmissen.

Sehr gut. Deine Chefin da … wie heißt die noch?

Richter. Und jetzt ist sie meine Ex-Chefin.

Ja, die Richter, die soll ihr Pfadfinderlager vögeln und dich ansonsten in Ruhe lassen. Und tschüss! Und nächsten Monat fängst du bei mir an. Wir drehen ab September auf Mauritius. Wieder Werbung. Irgend so eine Scheißbrause. Aber wurscht, ich kann dich brauchen.

Das ist lieb, aber ich bin noch im Erziehungsurlaub.

Kannst du das noch mal sagen?

Erziehungsurlaub. Jetzt, wo Tobi da ist, bleib ich erst mal daheim.

Daheim? Bei den Kindern? So kochen und so? Du?

Warum denn nicht? Ist ja nur vorübergehend. Und kohletechnisch ist das kein Thema. Inga macht jetzt richtig Geld.

Das ist ja noch schlimmer. Kriegst du dann immer montags ein bisschen Haushaltsgeld? Alex, du bist ein Kerl! Männer machen so was nicht. Männer schmieren keine Kinderhintern mit Granatencreme ein.

Penaten.

Scheißegal! Männer machen so was nicht! Männer bauen Wolkenkratzer, verlegen Unterseekabel, besteigen Achttausender. Die rühren keinen Brei an für zahnlose Monster. Komm zur Besinnung! Lass uns ins Tal fahren, dir bekommt die Höhe nicht. Es gibt gute Ärzte in Meran.

Vigo, lass den Scheiß! Ich hab mir das gut überlegt. Es ist doch super, wenn ich sehe, wie meine Jungs groß werden. Und ich kann ihnen echt viel mitgeben. Welcher Vater kann das schon? Und man kriegt ja auch so viel zurück. Die werden mir auch mal dankbar sein.

Die werden dich verachten, wenn du mit dem Staubsauger durch die Wohnung schiebst. Und schwul werden sie wahrscheinlich auch noch.

Als wenn das was Schlimmes wär.

Is' es ja auch nicht. Aber trotzdem: Du hast zuhause nichts zu suchen. Wenn Kohle kein Problem ist, dann holt euch halt 'ne Haushaltshilfe.

Vigo, ICH MÖCHTE DAS.

Du wirst Freunde brauchen.

Hab ich einen?

Hast du. Aber du hast auch 'ne Meise. Und jetzt lass uns dieses Scheißwohnmobil jagen.

Guten Morgen Schatz!

Leider nur ein Zettel, aber den Kuss zum Aufstehen kriegst Du, wenn ich aus Hamburg zurück bin. Ich musste schon den Flieger um 6 Uhr 10 nehmen. Wollte ich Dir gestern Abend noch sagen, aber Du hast um halb zehn schon geschlafen, haben Dich die Jungs so geschlaucht? Ich bin auch nicht mehr zum Milchabpumpen gekommen. Ich denke, wir können mit dem Zufüttern früher beginnen.

Wird schon nicht so schlimm sein. Ich kann diese durchgeweichten Stilleinlagen eh nicht mehr ertragen. Hab schon ganz wunde Möpse. Gestern hatte ich einen Riesen-Milchfleck auf meinem neuen Jil-Sander-Kostüm. Mitten im Meeting. Peinlich. Kannst Du es bitte in die Reinigung bringen. Ich brauche es überübermorgen. Da muss ich übrigens nach Wien. Aber darüber reden wir heute Abend. Der Tobi ist so süß, wenn er sich nachts an einen kuschelt. Ich liebe Euch.

Dicker Kuss!

PS Denkst Du daran, Doktor Ranz anzurufen wegen des Impftermins
PPS Und was ist eigentlich mit Deinem Auto? Kommt der Triumph jetzt weg? Du kannst nicht ständig mein Auto haben, um die Kinder mitzunehmen, und ich fahr mit diesem englischen Mistding nicht.

Hallo Business-Frau,

wie war's in Hamburg? Hoffe, Du warst erfolgreich. Falls Du noch Hunger hast: Im Kühlschrank steht Thymian-Hähnchen mit Reis. Mach's Dir doch noch warm. Wär auch super, wenn Du den Trockner noch abstellen könntest. Flori hat ins Bett gepinkelt, musste ich neu beziehen. Sonst war alles gut. Der Impftermin bei Doktor Ranz war übrigens gestern. Und natürlich waren wir dort. Alles okay. Keine Reaktionen, kein Fieber. Noch was: Wenn

Flori in diesen Sankt-Johannes-Kindergarten soll, müssten wir ihn jetzt schon anmelden. Morgen ist der Einführungsabend. Wer da nicht aufkreuzt, hat keine Chancen. Also halt Dir das bitte frei.

Dicker Kuss!

Guten Morgen Schatz!

Sehr lecker das Hähnchen. Wusste schon, warum ich Dich heirate. Grins. Das mit heute Abend und dem Kindergarten ist blöd. Der CEO von Menone-Joghurt ist in der Stadt, die wollen bei uns eine große Anzeigenkampagne schalten. Der Kirsten von der Verlagsleitung meint, ich müsste unbedingt dabei sein, um dem Joghurt-Menschen schöne Augen zu machen. Wir treffen uns um 7 an der Bar vom Mandarin-Oriental. Vielleicht komme ich ja zügig weg. Ich ruf Dich an. Schläft Tobi wirklich schon durch, oder krieg ich grad gar nix mehr mit?

Dicker Kuss!

PS Denk doch bitte an das Kostüm. Hängt immer noch im Flur. Du weißt doch, dass ich es übermorgen brauche.

»Herr Thomsen, bitte in Behandlungszimmer zwei!«

»Herr Thomsen, bitte jetzt in Behandlungszimmer zwei!«

Herr Thomsen! Wachen Sie bitte auf. Sie sind dran, der Doktor will Sie sehen.

Tschuldigung, bin eingenickt. Tobi? Schläft. Gott sei Dank. Zimmer zwei sagten Sie? Gut.

Herr Thomsen, schlecht sehen Sie aus. So sehen hier sonst nur die Mütter aus. Ha, Ha! Na, sind Kinder nicht ein steter Quell nie versiegender Freude?

Tag, Herr Doktor Ranz.

Schläft doch, der Kleine. Sieht auch ganz gesund aus.

Ja, tagsüber schläft er. Aber ich war die halbe Nacht unterwegs.

La Le Lu,
nur der Mann im Mond schaut zu,
wenn die Väter niemals schlafen …

Hören Sie auf. Ich bin echt nicht in der Stimmung.

Herr Thomsen, das ist doch ganz normal. Sie kennen das doch von Ihrem anderen Jungen. Das geht noch so 18, 20 Jahre, dann sind die aus dem Haus.

Ich warne Sie, Herr Doktor.

Wie geht's der Gattin?

Letzte Warnung!

Schon gut. Also mit Ihrem Kurzen ist alles in Ordnung.

Was ist mit Allergien? Er hat doch da im Gesicht manchmal diese kleinen Pickelchen.

Herr Thomsen, hatten wir das nicht schon mal? Kinder haben immer irgendwas. Und ständig stehen hier irgendwelche hysterischen Mütter, die wollen, dass ich völlig gesunde Säuglinge auf 4 000 allergene Stoffe abklopfe. Und dazu noch 200 mutierte Viren, die es nur auf den Antipoden gibt. Vergessen Sie's. Tobi ist gesund. Wo ist eigentlich Ihr Großer?

Nachbarin.

Hübsch?

Herr Doktor, bitte: Gnade. Ich bin heut' echt nicht in der Stimmung.

Ich könnte Ihnen was verschreiben, Herr Thomsen. Ich bin da nicht so. Hier, ich hab 'nen ganzen Schrank voll. Suchen Sie sich was aus. Macht alles glücklich.

Nein, danke. Bis zum nächsten Mal, Herr Doktor.

Ja. Tschüss, Herr Thomsen. Grüßen Sie Ihre Frau.

So. Der Nächste bitte! Frau Lanninger, schlecht sehen Sie aus. Setzen Sie sich.

*****sms*** Hallo Schatz, hänge immer noch an der Hotelbar. Gehst Du alleine? Wäre wichtig. Bring die Kinder doch zu Frau Ottmann. Gruß, Inga***sms*****

Guten Abend, Frau Ottmann.

Guten Abend, Herr Thomsen. Um halb zehn muss ich wieder weg.

Pssst! Leise. Die schlafen beide schon. Das ist wirklich lieb, dass Sie mir noch mal aus der Patsche helfen. Dem Tobi hab ich keine frische Windel mehr machen können, der ist mir auf dem Arm eingeschlafen. Wenn er wach wird, müssten Sie das machen. Fläschchen steht im Kühlschrank, Flaschenwärmer müssen Sie nur einschalten. Passen Sie auf, dass Sie die Temperatur nicht verstellen, sonst wird's zu heiß.

Herr Thomsen, ich habe selber drei Kinder großgezogen. Was war der Dank? Eduard hat mich verlassen. Wegen dieser Schlampe.

Ich muss jetzt los, Frau Ottmann.

Ja genau: »Ich muss jetzt los!«, das hat Eduard auch immer gesagt. Und wissen Sie, wo er dann hin ist? Zu dieser Schlampe.

In der Küche steht noch eine halbe Flasche von dem Barolo, den Sie so gerne trinken. Greifen Sie ruhig zu.

Barolo! Nach Italien ist er gefahren. Geschäftstermin. Während ich auf irgendwelchen Elternabenden war oder für irgendwelche Kindergarten-Bazare sinnlosen Dreck aus Kastanien und Filzlappen gebastelt habe. Wissen Sie, was für ein Geschäftstermin das war?

Ich weiß, Frau Ottmann, Sie haben das schon mal erzählt. Ich muss jetzt wirklich los.

Diese Schlampe war das natürlich. Und dieser hirnlose Depp lässt auch noch die Hotelrechnung in seinem Jackett. Doppelzimmer! Für wie blöd hält der mich eigentlich?

Schauen Sie, Frau Ottmann, das ist ja nun schon ein paar Jahre her.

Na und?

Ich muss jetzt wirklich los. Um halb zehn bin ich wieder da.

Wo gehen Sie überhaupt hin?

Kindergarten.

Kindergarten! Wer's glaubt!

Kaufvertrag

zwischen
Volkswagen-Autohaus Habermut und Partner
und
Alexander Thomsen, Wettersteinstraße 17, Gauting

Geliefert wird ein Neufahrzeug, VW Sharan, 1.9 TDI, 98 PS.
Farbe: saphirschwarzmetallic mit Lederausstattung und ISOFIX-Kindersitzbefestigung. Weitere Extras siehe Blatt 2 des Vertrags.
Preis: 36 100,– DM

In Zahlung genommen wird ein Triumph TR6, Baujahr 1973, 94 000 Originalkilometer. Farbe: britisch racinggreen, Leder beige.
Preis: 15 000,– DM

Ihr Habermut-Team wünscht allzeit gute Fahrt.

Gar nicht teuer und echt gut, Autos nur von Habermut!

1 Uhr

15 000 Mark für einen TR6. Ohne Rost. Dieser Habermut gehört eingelocht. Packt am Steuer dich die Wut, ist dein Auto wohl von Habermut. Der Grüne war mehr für mich als ein Auto. Ich hatte den selber aus England rübergeholt und eineinhalb Jahre dran rumgeschraubt. Jetzt brauch ich doch noch einen Drink.

Ja, noch mal White Russian. Vielleicht noch ein Wasser dazu. Ach Quatsch. Bringt auch nix. Sie würden total gut in einen TR6 passen, Gala. Er würde Sie mögen. Sie müssten so ein weißes Grace-Kelly-Kopftuch tragen. Inga hatte auch so eins. Da hatten wir noch keine Kinder. Cinque Terre. Wir sind die ganzen Dörfer abgefahren. Geil. Zurück dann mit der Bahn. War schon oft kaputt, der TR6. Der mochte einfach keinen Regen. Wer mag schon Regen, Gala? Regnet's oft in Rumänien?

Ja, ja, überall dasselbe. Tja ... irgendwie lief das dann so. Ich kann nicht mal sagen, dass ich unglücklich war. Ich hatte aber auch keine Zeit, drüber nachzudenken. Ich hab gedacht, wenn ich das schon mach, dann mach ich's richtig. Ich war im Elternbeirat vom Kindergarten, ich hab bei Flori die ersten Klassenfahrten begleitet, ja ich hab sogar Kuchen gebacken für alle möglichen Feste: Kindergarten, Schule, Geburtstage. Immer Käsekuchen. Vor Ihnen sitzt der König des Käsekuchens. Wenn Sie alle Käsekuchen hintereinanderlegen, die ich in diesen sechs Jahren gebacken habe, dann könnten Sie auf meinen Käsekuchen von hier bis Nordafrika gehen. Aber mein Rezept habe ich nie verraten. Ich mag Sie, Gala, aber nicht mal Ihnen würde ich es sagen. Wer übermenschliche Fähigkeiten hat und Dinge kann, vor denen andere niederknien, der muss diese Fähigkeit, mit ins Grab nehmen.

Jetzt gucken Sie nicht so, Gala. Das war ein Scherz. Die meisten Käsekuchen sind zu fest. Aber das ist nur ein Teil des Geheimnisses. Inga wollte das Rezept gar nicht wissen. Hätte Sie eh vergessen. Ich weiß noch, wie Sie zum ersten Mal unseren Hochzeitstag vergessen hat. Eigentlich ja so ein Männerklischee, der vergessene Hochzeitstag. Klingt vielleicht albern, aber hat wirklich ein bisschen weh getan.

Nein, nein, sonst war eigentlich alles okay zwischen uns. Also hab ich jedenfalls immer gedacht. Klar fällt man dann nicht mehr übereinander her wie am Anfang, aber es hat immer noch Spaß gemacht. Und geredet haben wir auch noch miteinander. Heißt ja immer, dass ein Durchschnittsehepaar nur noch acht Minuten am Tag redet. Inzwischen glaub ich das. Gibt wahrscheinlich sogar Paare, die auf die Uhr gucken und denken: verdammt, immer noch sechs Minuten. Was soll ich denn jetzt noch sagen? Reden ist wichtig, Gala. Wenn man nicht mehr miteinander redet, geht's bergab. Nicht mehr miteinander schlafen ist auch schlecht. Aber nicht mehr miteinander reden ist das Ende. Bin ich zu düster? Schmeißen Sie mich einfach raus, wenn ich Ihnen schlechte Laune mache.

Schon wieder gelogen, Gala. Aber wissen Sie was: Ich kann das gerade gut vertragen. Vielleicht hängen Sie noch dran, dass ich ein attraktiver Kerl bin, der den besten Teil seines Lebens noch vor sich hat.

Danke. So klingt's auch nett. Eins müssen Sie mir versprechen: Wenn ich so was sage wie »Sie haben echt schöne Augen«, dann schmeißen Sie mich aber wirklich raus. Und zwar sofort.

Das Bild da hinter Ihnen ist hässlich. Das haben nicht Sie ausgesucht, oder?

Hätt mich auch gewundert. Was soll das überhaupt sein? Da links das, ist das ein Kaninchen? Wir hatten mal Kaninchen. Zwei. »Hoppel« und »Mümmler«. Total lustige Namen. Die Jungs wollten sie unbedingt haben. Ich fand so kleines Viechzeug immer blöd. Auch irgendwie eklig: diese Köttel und diese angefressenen Möhren, die da rumliegen. Aber was will man machen. Wir hatten die auch nicht lang. Die haben immer die Kabel angefressen. Das ist keine gute Idee, wenn da 220 Volt drauf sind. Die Jungs haben ziemlich geweint. Das war natürlich nicht schön. Haben Sie Haustiere?

Seien Sie froh. Vigo hatte mal 'ne Ratte. Die hat Export getrunken. Das Bier. Unglaublich, wenn er der ein Pils in so 'ne Schale gegossen hat, hat die das nicht angerührt. Kölsch auch nicht. Irre, oder? Na ja, so irre auch nicht. Woytila. Die Ratte hieß Woytila. Vigo meinte, sie säh so aus. Vigo hab ich nicht oft gesehen in den letzten Jahren. Er hat mich auch ganz schön spüren lassen, dass er mich für ein Weichei hält.

Mail
Von: top.end.hotel@aussie-post.au
An: alex.thomsen@d-online.dt

Hola Waschlappen,

bin Down Under. Australien. Hast Du schon mal von Darwin gehört? Coole Stadt. Hat den höchsten Bierkonsum der Welt. Wenn ich hier wieder weg bin, wird's aber ein bisschen runtergehen. Darwin ist die Hauptstadt des NT. NT heißt eigentlich Northern Territory, aber die haben hier auch andere Abkürzungen. Weil hier alles 'n bisschen relaxter und langsamer geht, steht NT auch für: N.ot T.oday, N.ot T.omorrow! N.ot T.uesday, N.ot T.hursday! N.ot T.his, N.ot T.hat! Und wenn Du irgendwas bestellt hast, kriegst du hier immer zu hören: Das kommt mit dem N.ext T.ruck. Sehr easy. Viel junges Volk. Und viele junge Chicks. Aber so was interessiert Dich ja nicht mehr. Jason ist übrigens auch wieder dabei. Macht Regie und ist der Erfinder des fliegenden Teppichs. Vor ein paar Tagen hatte er ein paar Bier zu viel und hat in einem Hotelzimmer auf den Teppich gereihert. Haben wir ja auch schon. Weißt du noch? In Arcachon? Aber wir haben den Teppich dann nicht aus dem zwölften Stock im Hotel geworfen. Jason schon. Stand sogar in der Zeitung. Was gibt's Neues an der Kindergartenfront? Wird mal die Heizung gestrichen, oder passiert was anderes Aufregendes? Bin in vier Wochen zurück. Du kannst mir ja einen Käsekuchen backen, dann staub ich so lang Deine Gartenzwerge ab. Mensch, Alex, hier draußen ist das Leben! Hörst Du, wie es Hallo schreit? H-A-L-L-O!

See you

Vigo

Immer habe ich diese Postkarten gekriegt: Australien, Hawaii, Thailand ... was weiß ich. Das glauben Sie jetzt vielleicht nicht, aber ich war nicht mal neidisch. Die Trips mit Vigo waren lustig, aber es war immer dasselbe: Wir haben uns jeden Abend bis zur Zungenwurzel zugeschüttet, und er hat dann noch irgendwen abgeschleppt.

Ja. Nein. Also ... is' schon mal vorgekommen. Aber nicht mehr, als ich verheiratet war. Auch so was, was Vigo nicht verstehen konnte. »Hier geht's doch nicht um Liebe«, hat er immer gesagt. »Wir wollen ihn doch nur ein bisschen verstecken.« Ich war da immer anders, denn eigentlich geht's doch nur um Liebe. Um nix anderes.
Mist, mir ist die Linse verrutscht. Haben Sie einen Spiegel? Ich hab so neue Linsen. So welche, mit denen man nah und weit kucken kann. Früher hatte ich

welche, mit denen konnte ich nur weit kucken. Aber wenn Sie dann ein alter Silberrücken werden, können Sie plötzlich auch nah nix mehr sehen.

Echt? Sie auch? Danke. Das ist dieselbe Flüssigkeit, die ich auch nehme. Hmm. Tut immer noch weh. Könnten Sie mal schauen, wo das blöde Ding ist? Irgendwo hier oben unterm Lid.

Sie riechen gut. »Light Blue«, Dolce & Gabbana, oder?

Da staunen Sie, was? Riechen kann ich besser als gucken. Ich kann weit und nah riechen, auch ohne Linsen. Wissen Sie, wer auch »Light Blue« nimmt? … ach, ist jetzt auch nicht wichtig.

Inga? Nein, Inga nicht. Inga nimmt … ehrlich gesagt, weiß ich das gar nicht mehr. Schon komisch, ich weiß eigentlich immer, wer wie riecht. Vielleicht riecht Inga auch nach Erfolg. Man sagt doch immer: Nichts riecht so aufregend wie der Erfolg. Wenn Sie mich fragen, ist das aber ein Scheißgeruch. 2006 ist sie noch mal die Treppe raufgefallen.

Pressemitteilung des Globopress-Verlags

München, 9. April 2006

»Belezza«-Chefredakteurin Inga Thomsen übernimmt zum 1.5.2006 auch die Leitung der Globopress-Magazine »Facts 2.0« und »Hollywood Strip«. »Das ist eine Auszeichnung und gleichzeitig auch eine große Herausforderung für mich«, sagt die 34-jährige Thomsen. Für die zweifache Mutter geht damit ein lang gehegter Wunsch in Erfüllung: »News- und Lifestyle-Magazine sind kommunikative Plattformen, die sich inhaltlich näherstehen, als es auf den ersten Blick scheint. Ich möchte Synergien nutzen, die allen drei Publikationen zugutekommen.« umreißt Thomsen ihre Ziele und fügt hinzu: »Wir werden sicherlich hier und da etwas optimieren und einen insgesamt etwas feminineren Touch an den Start bringen. Es geht mir darum, ›Facts 2.0‹ und ›Hollywood Strip‹ ein bisschen frischwärts zu positionieren. Unsere treuen Leser wollen wir dabei natürlich nicht vergessen und auch für den neuen Stil begeistern.« Verlagsleiter Frank Kirsten freut sich, die Vollblut-Teamplayerin für diese zusätzlichen Aufgaben gewinnen zu können: »Frau Thomsen hat ›Belezza‹ innerhalb kurzer Zeit zur

Nummer eins unter den female Lifestyle-Magazinen gemacht. Die Auflagensteigerung um 65% spricht für sich.«
Informationen und Fotos: Globopress-Verlag, Nadine Schüsschen, 089/242003001

Und das ist wirklich Ihr erstes Mal bei Harald Wohlfahrt, Inga?

Ja. Aber es ist wirklich köstlich.

Allein die Polenta mit der Gänseleber und dem Wachtelei ist die Reise in den Schwarzwald wert. Egal, was der Meister gerade Saisonales kreiert: Die Polenta ist jedes Mal ein Muss für mich.

Was wollten Sie denn mit mir besprechen, Frank? Muss ja was Wichtiges sein, wenn München dafür der falsche Ort wäre, wie Sie sagen.

Schauen Sie, Inga, obwohl ich noch recht jung bin, schaue ich mir dieses Printgeschäft jetzt schon eine Weile von oben an. Glauben Sie mir, ich habe schon viele kommen und gehen sehen, und ich merke, wenn jemand etwas Besonderes ist. Das soll jetzt keine Schleimerei sein, Inga, aber Sie haben alles, was man für diesen Job braucht.

Danke, aber das hätte ich in München genauso gern gehört.

Stoßen wir doch erst mal an. Mhmmm. Sehr guter Weißburgunder. Ich kann einfach nicht verstehen, dass es immer noch Leute gibt, die Riesling zum Spargel trinken. Viel zu viel Säure. Noch ein Schlückchen?

Langsam, Frank. Ich hab schon einen klitzekleinen Schwips.

Das macht nichts. Sie haben es ja nicht mehr weit. Die Zimmer hier sind übrigens sehr angenehm. Inga, ich will Ihnen nur sagen: Ich habe immer ein offenes Ohr für Sie. Wenn es irgendwelche Schwierigkeiten gibt mit Ihren neuen Aufgaben, dann wäre jetzt der Zeitpunkt, es mir zu sagen.

Es gibt keine Probleme. Ehrlich gesagt: Es läuft super.

Gut, Inga. Gut zu hören. Glauben Sie mir, es war mir wichtig, darüber zu reden. Ich denke, wir steigen jetzt auf den Roten um. Wissen Sie, egal, ob da in Übersee inzwischen ganz passable Weine produziert werden, letztlich bleibe ich doch beim Bordeaux. Ich habe uns da einen sehr schönen Petrus ausgesucht.

Einen Petrus? Habe ich noch nie getrunken.

Dann möchte ich Sie warnen, Inga: Wenn Sie einen

Petrus mal am Gaumen hatten, werden Sie nichts anderes mehr wollen. Zum Wohl!

Zum Wohl! Alex und ich hatten auf unserer Hochzeitsreise mal einen Château Lafite, einen 93er.

Schöner Wein. Aber der 93er war natürlich recht durchschnittlich.

Ist mir nicht aufgefallen. Dieser Abend war alles andere als durchschnittlich. Mannomann, ist das lange her.

Guten Abend, Frau Ottmann!

Ich stehe hier schon seit einer halben Stunde, Herr Thomsen. Warum machen Sie denn nicht auf?

Ich hab die Kinder ins Bett gebracht. Und die schlafen bestimmt nicht ein, wenn Sie hier Sturm klingeln. Was wollen Sie überhaupt?

Den Kindersitz. Hier. Der war noch in meinem Auto. Den brauchen Sie doch morgen früh.

Ja. Hab ich vergessen.

Wonach riecht's denn hier? Ist ja widerlich.

Mist! Meine Pizza! Warten Sie mal.

Nein, ich komme rein. Sie wollen mich doch nicht in der Kälte stehen lassen. Alle gleich, diese Männer. Alle Achtung, Herr Thomsen. Alles so sauber hier.

Ja. Ich hab's gern sauber. Wollen Sie die anderen Zimmer auch noch inspizieren?

Gerne. Hier geht's doch ins Wohnzimmer, oder?

Das war ein Scherz, Frau Ottmann.

Na gut. Trinken wir den Wein halt in der Küche.

Welchen Wein?

Ich hab 'ne Flasche mitgebracht. Hier, aus Kalifornien, Kabbernett Sowinjon, die machen guten Wein. Von denen hatte ich schon mal einen.

Das ist die Rebsorte, Frau Ottmann.

Dass Männer immer gleich angeben müssen. Eduard hat auch immer so einen Popanz um diesen verdammten Wein gemacht. Den teuren hat er natürlich nur mit der Schlampe getrunken.

Och ne, Frau Ottmann, ich bin wirklich müde. Können wir nicht ein anderes Mal …

Wahrscheinlich im Doppelzimmer. Und dann die Rechnung im Jackett vergessen. Für wie blöd hält der mich eigentlich?

Morgen ist auch noch ein Tag, Frau Ottmann.

Was liegt denn da für ein Brief? Wer schreibt Ihnen denn da? Die Schule! Was wollen die denn?

Frau Ottmann, jetzt ist wirklich gut! Ich schätze Sie sehr. Und ich wüsste manchmal nicht, wie ich klarkäme, wenn Sie nicht hin und wieder auf meine Jungs aufpassen würden, aber könnten Sie bitte die Finger von meinen Privatsachen lassen!

Sie sollen da zu einem Gespräch bei der Klassenlehrerin kommen. Um zwei. Ich nehme die Kinder.

Franz-Josef-Strauß-Grundschule,
Ammerweg 7, Gauting

Sehr geehrter Herr Thomsen,

wenn es Ihre Zeit erlaubt, möchte ich Sie gerne am kommenden Dienstag um 14 Uhr zu einem persönlichen Gespräch in der Schule bitten. Anlass ist ein unerfreulicher Vorfall, der Ihren Sohn Florian betrifft. Ich möchte vorwegschicken, dass ich

Florian in diesem ersten Schuljahr als aufgeweckten und freundlichen Jungen kennen gelernt habe. Umso entsetzter war ich, als ich heute in der großen Pause Zeugin eines unerhörten Vorfalls wurde: Florian hat offenbar grundlos seiner Klassenkameradin Calista den Schlüpfer heruntergezogen. Herr Thomsen, das ist keine Bagatelle! Ich bin ehrlich entsetzt. Die kleine Calista hat es ohnehin schwer. Ihre Mutter ist alleinerziehend und hat noch eine weitere Tochter. Ich will Ihnen nichts unterstellen: Aber viele Väter können sich oft nicht vorstellen, was dies an Belastung bedeutet. Wie auch immer. Ich habe mich mit dem Kollegium in dieser Sache beraten und den Entschluss gefasst, den Vorfall gemeinsam mit Ihnen aufzuarbeiten.

Mit freundlichen Grüßen

Helga Landmann-Duprée

Herr Thomsen, schön, dass Sie Zeit hatten. Setzen Sie sich doch. Kaffee?

Nein, danke.

Haben Sie mit Florian gesprochen?

Klar. Er konnte sich nicht mal dran erinnern.

Er konnte sich nicht erinnern ... kein gutes Zeichen, Herr Thomsen. Den sexuellen Übergriff macht es nicht ungeschehen.

Moment mal: sexueller Übergriff?!?!

Na ja, wie würden Sie das sonst nennen? Einem Mädchen auf dem Pausenhof das Höschen runterziehen, entspricht ja wohl nicht dem normalen Verhalten eines Siebenjährigen.

Ihre Besorgnis in Ehren, Frau Landmann-Duprée, aber da muss ich Ihnen entschieden widersprechen: Ich finde, das entspricht sogar genau dem Verhalten eines Siebenjährigen. Das ist doch purer Übermut. Und natürlich ist es auch nicht in Ordnung, das habe ich Florian auch gesagt. Und er hat sich auch inzwischen bei dem Mädchen entschuldigt. Aber was Sie da jetzt reingeheimnissen wollen, geht mir echt zu weit. Der Junge ist sieben! Siebenjährige toben rum und machen Unfug.

Ich verstehe Sie, Herr Thomsen. Ihre Reaktion ist ganz typisch. Viele Eltern verschließen die Augen vor Fehlentwicklungen. Schauen Sie, die Sache hat ja auch etwas Gutes: In diesem frühen Stadium kann man noch regulierend eingreifen, bevor das offenbar angelegte Problem sich verfestigt.

Angelegtes Problem??!! Jetzt kommen Sie mal runter.

Wenn Sie meinen Sohn als eine Art kindlichen Vergewaltiger abstempeln, dann wende ich mich an die Schulbehörde.

Herr Thomsen, das habe ich in Absprache mit den Kolleginnen schon getan.

Kolleginnen! Vielleicht ist das das Problem. Wenn es hier mal einen Lehrer gäbe an dieser Schule und nicht bloß Lehrerinnen, dann hätte vielleicht auch mal jemand Verständnis für das Verhalten eines siebenjährigen Jungen.

Beruhigen Sie sich, Herr Thomsen. Wollen Sie damit sagen, dass Männer die besseren Lehrer sind? Und vermitteln Sie Ihrem Sohn vielleicht genau diese Einstellung? Dann wundert mich freilich nichts.

Woher soll ich wissen, ob Männer bessere Lehrer sind? Meine Söhne haben noch keine zu Gesicht bekommen. Im Kindergarten gibt es nur Erzieherinnen, an dieser Schule hier arbeiten nur Lehrerinnen, und auch im Rektorat sitzt eine Frau.

Vielleicht sind sich Männer ja zu schade für diesen Job, Herr Thomsen, und vielleicht sind Frauen einfach einfühlsamer.

Ich will nicht mit Ihnen streiten, Frau Landmann-Duprée. Am Ende muss Florian das in den nächsten

Jahren hier ausbaden. Aber Sie glauben doch selber nicht, dass es gut ist, wenn die gesamte Erziehung und Bildung weiblich ist. Jungs haben andere Bedürfnisse, einen anderen Bewegungsdrang.

Jäger und Sammler, Herr Thomsen?

Machen Sie sich nur lustig. Es kann jedenfalls nicht sein, dass ein Junge ständig Mädchen als Vorbilder präsentiert kriegt: Guck mal, wie lieb das Mädchen ist, wie brav das Mädchen ist, wie fleißig das Mädchen ist.

Herr Thomsen, Sie lenken ab vom eigentlichen Problem, und das ist Ihr Sohn. Gehen Sie in sich und schauen Sie, was bei Ihnen zuhause möglicherweise schiefläuft. Was könnte Florian zu so einem Fehlverhalten verleitet haben? Die Antwort wissen nur Sie, Herr Thomsen. Ich danke Ihnen für das Gespräch. Guten Tag.

mail
von: TheKeysResort@fivestarhotels.com
an: alex.thomsen@d-online.dt

Hola Waschlappen,

ich hab noch mal über unser Telefonat nachgedacht. Vergiss mal diese Betroffenheits-

kacke! Der Junge ist auf dem richtigen Weg. Lass Dir von dieser vertrockneten Frustzicke nichts einreden. Wir haben doch auch Doktor gespielt mit den Mädels. Alles im Dienste der Wissenschaft. Also denk nicht mal dran, mit Flori zu einem Psychologen zu gehen. Psychologen sind Arschlöcher. Weltweit. Wir beide gehören zu den wenigen Eingeweihten: Es gibt eine weltweite Psychologen-Arschloch-Liga. Flori hat's drauf. Kleine Jungs schmeißen Steine und nehmen Knüppel in die Hand. Und wenn keiner da ist, nehmen Sie den eigenen Knüppel! Apropos: Bitte erzähle es überall rum. Jason hat sich hier gestern den Schwanz in der Saunatür eingeklemmt. Ich schick Dir mal ein Handyfoto. Achte auf das Schwarzblaue in der Mitte. So, ich gehe jetzt einen Aufguss machen. An der Bar.

Hasta luego

Vigo

Mann, bin ich k. o., Alex. Eigentlich alles zu viel. Aber der Kirsten will halt jetzt sehen, was ich alles drauf hab.

Was soll ich?

Ja, ich stell meine Schuhe gleich ins Regal. Sei doch nicht so pingelig. Gibt's noch irgendwas zu essen?

Du bist großartig. Super. Ich mach's mir warm. Gehst du morgen in die Schule, zu dieser Landmann-Duprée?

Ach das war heute. Und?

Klar, da hätte ich mich auch aufgeregt. Die hat auch so eine herablassende Art. Aber so ganz unrecht hat sie vielleicht gar nicht.

Alex, »vertrocknete Frustzicke«. Wo hast du das denn her? Ich will jedenfalls keine Söhne, die anderen Mädchen auf dem Schulhof die Klamotten vom Leib reißen. Apropos: Weißt du, ob noch gebügelte Blusen von mir im Schrank hängen? Ich brauch am Wochenende die beiden blauen und die weiße, die mit dem Stehkragen. Ich flieg mit Kirsten nach London.

Natürlich höre ich dir zu. Man kann ja mal mit so einem Psychologen reden. Da vergibt man sich doch nichts. Was kratzt du dich eigentlich die ganze Zeit?

Arschlöcher? Weltweit? Alex! Bei Vigo würde mich so was nicht wundern. Aber du? Also, ich weiß doch, dass du auch das Beste für unsere Kinder willst. Du wirst das schon richtigmachen. Kannst du mir mal die Füße massieren? Und dann lass uns über was anderes reden.

smsHallo Inga! Sie denken an die Folien für London. Zimmer gab's nur noch im Ritz. Gibt Schlimmeres, oder? Freue mich. Frank***sms***

Die Jungs schlafen, Alex. Die sind schon sehr goldig. Der Tobi kratzt sich wie du. Lustig.

Komm doch ein bisschen zu mir auf die Couch.

Bisschen näher.

Meinetwegen auch ganz nah.

Gib mir mal deine Hand. Findest du, dass ich hier zu dick bin? Oder hier?
Der Kirsten hat neulich gesagt, ich sei »ein richtiges Weib«. Findest du, das ist ein Kompliment, oder will der damit sagen, dass ich zu viel auf den Rippen hab?

Weiß nicht, ob der mich toll findet. Musst dich halt ein bisschen anstrengen, die Konkurrenz ist groß.

Hey! Ganz ruhig. Das war ein Scherz. Jetzt komm mal her. Ich liebe dich. Deshalb darfst auch nur du mal hier anfassen. Und da auch. Und hier sowieso.

Nicht? Was ist denn?

Ich hab doch auch 'nen harten Tag hinter mir.

Okay. Verstehe ich ja. Dann lese ich auch noch ein bisschen.

Sankt-Johannes-Kindergarten

Aushang

Liebe Eltern,

es ist leider wieder so weit! Bei einem Kind aus der Braunbärengruppe wurden Kopfläuse festgestellt. Da die Kinder dieser Gruppe in der Kernzeit gemeinsam mit der Eisbären- und der Mäusegruppe betreut werden, möchten wir alle Eltern bitten, besonders sorgfältig nach Läusen oder Nissen zu suchen.
Sollten Sie einen Befall feststellen, scheuen Sie sich

nicht, Frau Brunzbichler-La Franche aus der Braunbärengruppe anzusprechen. Sie hat eine Liste mit wirksamen biologischen Läuseshampoos ohne allergene Zusatzstoffe.
Prophylaktisch sollten Sie darüber hinaus die üblichen Vorsichtsmaßnahmen treffen: Betten abziehen, Kleidung komplett durchwaschen, Kuscheltiere und Schmusedecken in luftdichte Tüten stecken und eine Woche in der Tiefkühltruhe lagern.
Wir hoffen, dass wir das Problem gemeinsam schnell in den Griff kriegen.

Ihr Sankt-Johannes-Team
Ursula Alzido-Sauerbach
(Leiterin)

PS Nicht vergessen! Alle Mamas und Papas treffen sich am 24. Mai zum Kindergarten-Frühlingsfest. Kuchenspenden werden gerne angenommen. Wir bauen natürlich wieder einen Spiele-Parcours auf mit Dosenwerfen, Bobbycar-Rennen etc. Freiwillige Helfer sind willkommen.
Wir brauchen auch noch ein Ersatzspiel für das Kerzenausschießen mit Wasserpistolen. Mehrere Mütter empfanden das Spiel als zu gewalttätig und möchten keine Pistolen auf einem Kinderfest sehen. Vielleicht hat eine findige Mama oder ein findiger Papa eine Idee für ein »friedlicheres« Ersatzspiel.

Ste Maxime, 4. Mai 2006

Hallo Alex,

lange nichts voneinander gehört. Ich hoffe, Inga, den Kindern und Dir geht es gut. Deine Frau macht ja jetzt richtig Karriere. Habe neulich ein Porträt über sie gelesen, in der Südwestdeutschen. Alle Achtung! Überholspur. Der Kirsten hat sie da ja über den grünen Klee gelobt. Der ist übrigens ein Arschloch. Kalter Fisch und hinter jedem Rock her. Apropos Fisch: Ich habe mir ein Boot gekauft. zwei Außenborder à 400 PS. Braucht kein Mensch. Aber alle, die nichts zu tun haben, haben hier so ein Ding und angeln. Ich habe drei Hochseeangeln, bei denen Hemingway vor Neid erblasst wäre. Ich weiß aber auch, warum er sich erschossen hat. Vermutlich hat er genau wie ich in eineinhalb Jahren nicht einen einzigen Fisch gefangen. Hier kommt eine Insider-Information: Es gibt überhaupt keine Fische mehr im Mittelmeer. Und noch eine wichtige Information: Ich habe Sex! Nach mehr als fünf Jahren mal wieder. Es geht noch. Sie ist erst 24, sieht aber deutlich älter aus. Und nicht besonders gut. Sie ist überhaupt irgendwie anders. Überall Blech: Augenlider, Nase, Ohren. Aber schlau ist sie und irgendwie ein wildes Tier. Tut gut. Von Bildern hat sie übrigens keine Ahnung. Sie findet, dass ich nicht so schlecht male. Bedauernswert. Ich nenne sie Cora. Weiß nicht, ob sie so heißt, aber ich hab sie vor einem CORA-Supermarkt kennen gelernt. Sie hat mir eine Beule ins Auto gefahren und mich dann beschimpft und mir das Gesicht zerkratzt. Da musste ich einfach mit ihr schlafen. Ist doch klar, oder? Wenn nicht, schreib es mir. Ich halte das aus. Im Juni mache ich eine Vernissage hier in Ste Maxime. Zusammen mit zwei Nachbarn, die auch nicht malen können. Wir machen mächtig Werbung und hoffen, dass sogar Menschen aus Paris kommen werden, um uns auszulachen. Ich lege mal ein paar Fotos meiner neusten Werke bei. Besonders »No Hope 4« aus dem Zyklus »Tod und Verdammnis« wird Dich ordentlich runterziehen. Wann kommst Du? Wir könnten mal ein paar Tage zum Angeln rausfahren und nachher im CORA einen Fisch kaufen.

Liebe Grüße, à bientôt

Christian

»Herr Thomsen bitte in Behandlungszimmer zwei!«

»Herr Thomsen bitte jetzt in Behandlungszimmer zwei!«

Herr Thomsen! Wachen Sie bitte auf. Sie sind dran, Doktor Ranz will Sie sehen.

Tschuldigung, bin eingenickt. Zimmer zwei sagten Sie? Danke.

Herr Thomsen, schlecht sehen Sie aus. Oh! Und 'ne schicke Glatze. Hat das Läuseshampoo nicht geholfen? Hätte ich Ihnen sagen können. Dieses biologische Zeug ist mordsmäßig gesund, hilft nur nicht gegen Läuse. Der Onkel Doktor von der Schulmedizin verrät Ihnen jetzt mal ein Geheimnis: Chemie hilft. Wenig Chemie hilft wenig, viel Chemie hilft viel.

Jetzt ist es eh zu spät. Die wachsen ja auch wieder. Haben Sie die Testergebnisse von den Jungs?

Hab ich. Nichts. Kerngesund.

Aber diese Pickelchen auf der Brust.

Herr Thomsen, das sind halt Pickelchen. Kinder wachsen. Da wird ständig alles auf links gedreht: Stoffwechsel, Verdauung. Sagen Sie irgendwas. Ich geb Ihnen 'ne Salbe.

Aber nichts mit Kortison bitte. Das möchte ich nicht.

Nein. Ich geb Ihnen was anderes. Ich hab hier eine Wundersalbe, da ist in klinischen Testreihen nachgewiesen worden, dass sie gegen absolut nichts hilft. Schadet aber auch nicht. Nehmen Sie gleich zehn große Tuben, ich brauch 'ne neue Golfausrüstung.

Herr Doktor, ich schätze wirklich Ihren Humor, aber es ist doch klar, dass ich mir als Vater Sorgen mache. Der Tobi hatte auch vorgestern wieder dieses Fieber. Und immer gleich über vierzig.

Und? Hat er es immer noch?

Nein. Ist wieder weg.

Alles klar. Ich schreib Ihnen 'ne Rechnung.

Gibt es eigentlich auch Patienten, die Sie ernst nehmen?

Schauen Sie, Herr Thomsen. Zu mir kommen Eltern, deren Kinder Tumoren haben, Kinder bei denen die Nieren nicht funktionieren, wirklich kranke Kinder. Raten Sie mal, ob ich die ernst nehme. Seien Sie einfach froh, dass Sie zwei gesunde Jungs haben. Ich bin der Erste, der sich um sie kümmert, wenn da was nicht in Ordnung ist.

Verstehe. Eine Frage hätte ich aber noch, Doktor Ranz. Das ist nicht Ihr Fachgebiet, aber kennen Sie vielleicht einen Kollegen, der Ahnung von Kinderpsychologie hat?

Herr Thomsen, ich verrate Ihnen schon wieder ein Geheimnis: Gerade Psychologen brauchen ständig neue Golfausrüstungen.

The Ritz-Hotel! Room Service!

Wer ist da?

Room Service, Madam! Would you please open the door!

Sie müssen sich irren. Ich meine, you are wrong. I didn't order anything.

Inga, just a little joke. Ich bin's, Frank. Und ich bin nicht allein, ich hab noch ein Fläschchen Late-Night-Champagner dabei.

Frank, ich bin schon halb ausgezogen.

Ich müsste lügen, wenn ich sage, dass mich das stört, Inga.

Frank, es war ein wunderschöner Abend. Wollen wir es nicht dabei belassen?

Inga, der Champagner wird warm. Du willst doch nicht, dass ich einen 81er Dom Perignon allein und einsam auf meinem Zimmer trinken muss.

Frank, bitte. Ich mag dich wirklich gerne. Du bist unterhaltsam, witzig und ein toller Chef. Lass uns das nicht kaputt machen. Gute Nacht.

Gute Nacht, Inga. Falls du wegen dieser dramatischen Fehlentscheidung nicht schlafen kannst, ich habe die 312.

Gauting, 10. Mai 2006

Lieber Christian,

war schön, von Dir zu hören. Hab schon ein ganz schlechtes Gewissen, weil ich mich so lange nicht gemeldet habe. Deine Briefe sind immer wieder ein Highlight. Es ist so schade, dass Du keine Artikel und Editorials mehr schreibst. Auch schön zu hören, dass nach all den Jahren Dein Sexleben doch noch mal in Schwung kommt. Ich erinnere mich an eine Szene an der Bar in Dresden, wo Du feierlich Deinen Rückzug aus dem »Begattungsbusiness« erklärt hast. Man soll halt nie »nie« sagen. Auch wenn mein letzter Brief schon über ein halbes Jahr zurückliegt, hier hat sich im Grunde nicht viel geändert: Ich schmeiße hier in Gauting den Laden. Ich hab viel Spaß mit den Jungs, und mit Inga läuft es auch ganz okay. Sie hat halt wahnsinnig viel zu tun und schlägt sich wirklich großartig. Was Deine Bilder angeht, liegst Du glaube ich richtig. Ich kenne niemanden, der sich so was aufhängen würde, und Florian musste sogar weinen, als ich sie ihm gezeigt habe. Abgesehen davon habe

ich von Kunst keine Ahnung. Ich werde mir morgen mal den Spaß machen und mit den Fotos zu einer Galerie in Starnberg fahren.
Ich arbeite fest daran, Dich im Herbst mal zu besuchen. Ich will die Kinder vier Tage zur Oma nach Fulda geben.

Ich drück Dich,

Alex

Kann ich Ihnen weiterhelfen?

Guten Tag. Schöne Sachen haben Sie hier hängen.

Ja, das sind gute Arbeiten. Ganz junger Künstler. Sieht ein bisschen aus wie Leipziger Schule, ist aber aus der Schweiz. Jetzt noch relativ günstig. Hinten in dem Raum haben wir auch Papierarbeiten von ihm.

Um ehrlich zu sein: Ich will gar nichts kaufen. Ich hab eine ... etwas ungewöhnliche Bitte.

Ja?

Ein Freund von mir malt auch. Ich weiß, jetzt kriegen Sie als Profi schon die Krise, aber Sie würden mir trotzdem einen großen Gefallen tun, wenn Sie nur mal kurz draufschauen. Er lebt in Südfrankreich und hat mir diese Fotos hier geschickt.

Kein Thema. Zeigen Sie mal. Mögen Sie einen Kaffee?

Ja, gerne. Und?

Soll ich ehrlich sein?

Ich bitte darum.

Die sind grauenvoll. Wirklich außergewöhnlich scheußlich. Da stimmt so gar nichts: Perspektive, Farbe. Ein einziges Desaster. Schrecklich.

Entschuldigung, ich wollte Ihnen nicht den Tag verderben.

Was haben Sie denn für Freunde? … ne, war ein Scherz. Mögen Sie Milch in den Kaffee?

Gerne.

Wenn Sie ein bisschen Zeit haben, zeige ich Ihnen mal ein paar Sachen, und Sie werden vielleicht ein Gespür dafür kriegen, worauf es ankommt. Natürlich ist das immer subjektiv, aber es gibt schon ein paar Kriterien, die den Unterschied machen.

Was soll ich meinem Freund sagen?

Sagen Sie ihm, er soll aufhören. Vielleicht probiert er es mal mit Angeln. So, hier ist der Kaffee.

Das ist ja wirklich eine ganz normale Tasse Kaffee!

Ja. Wieso nicht?

Ist Ihnen mal aufgefallen, dass man nirgendwo mehr Kaffee kriegt? Latte macchiato, Cappuccino, Espresso macchiato, oder einen Grand Latte Double Shot Vanilla flavoured. Grauenvoll!

Der hier kommt aus einer ganz normalen Kaffeemaschine. Ich trinke ungefähr zehn Liter davon am Tag.

Ich heiße übrigens Alex, Alex Thomsen.

Momke Scharnitz. Freut mich.

Momke? Ungewöhnlicher Name.

Ich bin nicht gefragt worden. Und jetzt hab ich ihn schon über vierzig Jahre. Was machen Sie am Samstagabend, Herr Thomsen?

Meine Kinder ins Bett bringen.

Und dann?

Aufpassen, dass sie keiner klaut.

Wenn Sie Lust haben und einen Babysitter finden, können Sie ja ab acht vorbeischauen. Am Samstag ist nämlich die Finissage von dieser Ausstellung. Da kommen ein paar Freunde, ein paar Künstler, und wir trinken das eine oder andere Gläschen Wein.

Das ist nett. Mal schauen.

Wissen Sie, was ein »Cougar« ist, Gala?

Genau, eine Wildkatze. In Kanada ist ein Cougar aber noch was anderes. Die Kanadier nennen alleinstehende Frauen um die vierzig Cougar. Die streifen umher und sind auf der Suche. Oft tolle Frauen, aber irgendwie hat's bis dahin nie so geklappt mit den Kerlen. Momke ist ein Cougar.
Ich war auf der Finissage. Mannomann, die sah echt super aus.
In dem Alter haben Frauen was Faszinierendes, Gala. Die haben schon so was Gelebtes im Blick. Da musst du nicht viel erklären.

Nein, an dem Abend bin ich allein nachhause.

Wenn der warm wird, schmeckt er noch süßer. Können Sie mir da ein bisschen Eis rein tun?

Sie sind noch lange nicht vierzig, Gala, oder?

Tschuldigung, fragt man nicht. Weiß ich. Auf jeden Fall sehen Sie nicht so aus. Sie sehen überhaupt toll aus.
Dieser Kirsten hat damals schon versucht, Inga rumzukriegen. Ich hätt das merken müssen. Ich hab aber nix gemerkt. Wissen Sie, wie man in Kanada einen über vierzigjährigen Mann nennt, der absolut nix merkt? Genau wie hier: einen Vollidioten.

Doch, doch. Sie brauchen es mir gar nicht auszureden: Ich bin ein Vollidiot. Ich hab einfach gedacht, wenn ich Ihr den Rücken frei halte, wenn ich zuhause alles manage, dann is' alles gut. Dann muss sie ja Respekt haben vor mir. Dann tut man sich doch nicht weh.

Hoppla! Mist! Tschuldigung, Gala. Ich hab's umgekippt. Ne, ne, geben Sie mir mal den Lappen. Mit Putzen kenn ich mich aus.
Das Hemd? Nicht so schlimm. An solchen Flecken darf man nicht reiben. Wird alles nur schlimmer. Da kommt so ein Spray drauf, und dann schmeiß ich es in die Maschine.
Hauptsache nicht reiben.
Mit Momke war ich oft unterwegs. Vormittags. Die Jungs waren ja in der Schule und im Kindergarten.

Die Galerie? War glaub ich nur ein Hobby von ihr. Momke hat Kohle. Und wissen Sie, was das Allergrößte war, Gala?

Ach, vergessen Sie's, das kann ich nicht erzählen, das bring ich einfach nicht über die Lippen.

Kaufvertrag vom 16.5.2007

zwischen
Volkswagen-Autohaus Habermut und Partner
und
Momke Scharnitz, Seestraße 4, Starnberg

Geliefert wird ein Gebrauchtfahrzeug. Triumph TR6, Baujahr 1973, 124 000 Kilometer. Farbe: britisch racing-green, Leder beige. Dritte Hand.
Herr Habermut hat das Fahrzeug in den vergangenen sechs Jahren persönlich und ausschließlich im Sommer bewegt. Sämtliche Reparaturen wurden fachgerecht ausgeführt. Kupplung, Reifen und andere Verschleißteile in den vergangenen sechs Monaten ersetzt. Belege siehe Anlage.
Die Käuferin erwirbt das Fahrzeug wie gesehen und Probe gefahren.
Bis zur Überweisung der Kaufsumme von 20 000 Euro verbleibt der Fahrzeugbrief beim Verkäufer.

Ihr Habermut-Team wünscht allzeit gute Fahrt.

Wenn's dein Auto mal nicht tut, komm sofort zu Habermut!

Wie findest du den Wagen, Alex? Ist der nicht unglaublich? Ist der nicht geil? Von so was muss ein Mann doch träumen! Alex? Was ist?

Das … das glaub ich einfach nicht. Wie viel hast du bezahlt?

Der war günstig: 20 000 Euro. Ich musste gar nicht handeln.

Dieser Verbrecher.

Wer?

Ach nichts. Ich hatte auch mal so einen. Lange her.

Komm, wir fahren nach Andechs und hauen uns schön zwei Bierchen rein. Willst du mal fahren, oder willst du Sex mit mir auf der Motorhaube?

Momke!

Ach lass mich doch. Ich freu mich halt so. Los geht's!

Wo waren Sie denn, Herr Thomsen? Die Kinder sind bei mir. Wo sollten die auch sonst hin? Zuhause war ja keiner.

»Es tut mir leid!« Den Satz kenn ich. Eduard tat es auch immer leid. Wie wär's denn mal mit einem »Danke, Frau Ottmann!«?

Na also. Sie riechen ja nach Alkohol. Mittags!

Auto liegen geblieben, weil's geregnet hat? Und dann gleich getrunken, oder was? Herr Thomsen, für wie dämlich halten Sie mich eigentlich? Jetzt kommen Sie mal rein, Sie sind ja klatschnass.

Was? Verdeck hat geklemmt. Ja sicher. Wollen Sie Würstchen mit Pommes? Ich hab den Kindern Würstchen mit Pommes gemacht. Bei Ihnen kriegen sie ja nur so einen Vollwert-Quatsch mit linksdrehendem Gemüse. Kinder müssen auch mal Würstchen mit Pommes essen. Hier haben Sie ein Handtuch? Sie sind vormittags oft weg in letzter Zeit, Herr Thomsen.

So, das geht mich also nichts an. Aber auf Ihre Kinder aufpassen darf ich, oder? Herr Thomsen, machen Sie keine Dummheiten. Das wäre nicht die erste Ehe, die wegen irgendeiner Schlampe kaputtgeht.
Doppelzimmer. Der hat mich echt für blöd gehalten.
Ja, die Kinder sind in der Küche. Lassen Sie sie wenigstens noch fertig essen.

Ja natürlich trinken sie Coca-Cola! Ist noch keiner von gestorben.

Mail
von: oceandream-resort@jamaicamail.ja
an: alex.thomsen@d-online.dt

Hola Waschlappen,

na, heute schon die Betten gemacht? Mein Bett hat das jamaikanische Zimmermädchen gemacht, nachdem sie vorher drin lag. Das ist das Gute an Deinem alten Kumpel Vigo: Er hat keinerlei Dünkel und ein Herz für Frauen aus allen Schichten. Ansonsten ist die Stimmung hier nicht so toll. Jason ist tot. Irgend so ein Rasta-Idiot hat ihm mit vier Pfund Gras eine Tüte gebaut, die er dann allein geraucht hat. Unkollegiale Sache. Noch blöder ist aber, dass Jason dann von seinem Balkon in den Pool gesprungen ist. Kein Wasser drin. Reinigung. Unschön. Zieht einen echt 'n bisschen runter. Verrückter Hund. Na ja, irgendwann sind wir alle mal dran. Und jetzt rate mal, wen die Agentur uns als Ersatz geschickt hat. Ein Wunderkind. Academy of Filmgedöns in New York. Sie heißt Sarah und ist 23. Ein Arsch wie gemalt! Y dos Melones grandes! Du

verstehst, was ich meine. 23 ist natürlich wirklich zu jung für mich. Außerdem ist sie eine der wenigen Frauen, die so tun, als würden sie nicht auf mich stehen. Kenn ich schon. Hatte ich schon. Nächste bitte. Ich schick Dir ein Handyfoto von ihrem Hintern. Solltest Du Atemnot kriegen, bin ich ganz bei Dir.
In zwei Wochen bin ich drei Tage in München. Da sollten wir ein leichtes Komatrinken ansetzen. Keine Ausreden! Nada!
So, ich muss aufhören. Hintern von links. Einfach zu jung. Aber irgendwie auch nicht schlecht.

Hasta luego

Vigo

Mail
von: alex.thomsen@d-online.dt
an: oceandream-resort@jamaicamail.ja

Please give this mail to Mister Vigo Seidelmann

Lieber Vigo,

ich freue mich, dass Du in zwei Wochen mal wieder im Lande bist. Drei Tage kann ich mir

auf keinen Fall freischaufeln, aber ein Abend sollte drin sein. Vielleicht auch bei uns, weil Inga in dieser Woche in Barcelona ist.
Vigo, ich habe Deinen Brief inzwischen dreimal gelesen, und ich muss Dir ehrlich sagen, dass mir so gar nicht gefällt, was da alles drin steht. Jason war doch ein Freund von Dir. Lässt Dich sein Tod wirklich so kalt, dass Du fast noch Witze drüber machst? Wohin geht deine Reise, Vigo? Du bist jetzt wie ich 43 und führst Dich auf wie ein Siebzehnjähriger. Läufst nur noch mit Frauen rum, die Deine Töchter sein könnten. Für zu jung hältst Du sie doch bloß, wenn sie Dich nicht dranlassen. Hast Du eigentlich mal Deinen Stützstrumpf am rechten Bein gezeigt, den Du wegen der Krampfadern tragen musst? Und hast Du ihnen von diesen Haarimplantationen erzählt? Versteh mich nicht falsch: Ich bin Dein Freund und führe natürlich inzwischen ein ganz anderes Leben als Du. Da kannst Du Dich drüber lustig machen, aber ich möchte trotzdem nicht mit Dir tauschen. Erwachsenwerden hat auch was für sich.
Reicht erst mal. Ich freue mich trotzdem auf Dich.

Hasta luego

Alex

Thomsen!

Nein, schon in Ordnung. Sie stören nicht, Herr Spiegel. Ich hab nur das Telefon nicht gleich gefunden. War beim Flori in der Legokiste.

Klar kenne ich Ihren Sebastian. Das ist doch der Kleine. Und Ihr Großer ist der Lars, oder?

Pubertät. Aha. Auch 'ne schwierige Zeit. Aber was ist jetzt mit dem Basti?

Ganz langsam: Es geht also um das Kostümfest?

Warum sollte der Basti nicht als Pirat gehen? Der Flori geht ja auch als Käpt'n Hook.

Ja, nein. Ein Säbel geht natürlich nicht.

Nein! Und Pistolen natürlich überhaupt nicht!

Herr Spiegel, auch eine Plastikpistole ist eine Pistole. Wir haben da im Elternbeirat einen klaren Beschluss gefasst. Ich weiß genau, was Sie denken. Mir ging es auch mal so. Aber wenn Sie mal nachdenken ... da ist wirklich was dran. Auch der spielerische Umgang mit Waffen ist ein Umgang mit Waffen.

Doch. Glauben Sie es mir. Ich kann Ihnen da ein gutes Buch empfehlen. Hat mir die Dinzlinger empfohlen.

Genau, die Kinderpsychologin. Sehr fähige Frau. Rollenklischees werden viel früher festgelegt, als Sie denken. Wir Eltern haben da echt Verantwortung.

Ja. Schon klar. Ich habe mich auch lange dagegen gesträubt. Aber es ist nun mal so, dass Jungs einfach ein anderes Aggressionspotential haben als Mädchen. Und das muss man ja nicht unbedingt noch fördern.

Herr Spiegel, jetzt werden Sie nicht persönlich. Wenn Sie Ihre Jungs wie Rambos rumlaufen lassen wollen, ist das Ihre Sache. Aber nicht an unserer Schule.

Herr Spiegel? … Blödmann.

Guten Morgen Schatz,

wieder mal Zettel-Kommunikation. Musste Dein Auto nehmen. Bei mir ist der Tank total leer. Kümmerst Du Dich drum? Danke. Wird spät heute. Muss das Juni-Heft von »Facts« abnehmen. Geht morgen schon in Druck. Hast Du eigentlich mal bei dem Klempner angerufen? Das Wasser in der Dusche wird ja immer noch nicht richtig warm. Nervt. Und an Dir durfte ich mich ja auch nicht wärmen heute Nacht. Was hat denn Tobi für ein rundes raues Ding am Hals? Ist das ein Pilz? Sieht ja fies aus. Ich kann übrigens morgen Abend doch nicht bei den Kindern sein. Irgendeine Preisverleihung im Bayerischen Hof. Kirsten weiß noch nicht, ob er da hinkann, also muss ich gehen. Kannst Dich ja trotzdem mit Vigo treffen. Soll die Ottmann halt noch mal die Jungs nehmen.

Kuss.

Hallo Du,

Auto steht vollgetankt vor der Tür. Klempner hatte ich schon angerufen, kommt aber erst nächsten Montag. Idiot. Mit Tobi geh ich zum Arzt. Is' wahrscheinlich wirklich ein Pilz. Und natürlich darfst Du Dich nachts an mir wärmen. Aber nicht wecken. Wenn Du mal früher heimkommst, erwischst Du mich vielleicht mal in einer Wachphase. Mich nachts einfach »anknipsen« mag ich eben nicht. Frau Ottmann nimmt die Jungs.

Kuss.

Mensch Alter, schön, dich zu sehen.

Vigo, lass dich drücken.

Señorita! Zwei Bier!

Für mich ein Alkoholfreies!

Was?!

Ja. Ich trink zurzeit nix. Sechs Wochen alkoholfrei.

Alexito! Warum? Was Gesundheitliches?

Nein. Einfach so. Muss doch auch mal ohne gehen.

Warum? Ist doch Quatsch.

Jetzt erzähl erst mal, Vigo. Warum bist du überhaupt in München?

Locationcheck. Kann sein, dass wir hier ein paar Wochen drehen. So 'ne Doku über Alpenüberquerungen.

Du eine Doku?

Ja. Tranquilo. Werbung läuft grad nicht so. Krisengeschwafel. Kommen wenig Aufträge rein. Dann eben Doku. Bringt auch Kohle.

Muss ich mir Sorgen machen?

Um mich? Hey, ich bin freischaffender Lebenskünstler. Da läuft's mal so und mal noch besser. Ich lern ständig dazu. Ich hab zum Beispiel noch nie ein alkoholfreies Bier getrunken. Darf ich mal?

Ja klar.

Alle Achtung. Ganz schön widerlich. Wie läuft's mit Inga? Vögelt ihr noch?

Vigo, bitte!

Man darf doch mal fragen. Wie lang seid ihr jetzt verheiratet?

Elf Jahre.

Die meisten Ehepaare, die ich kenne, vögeln noch. Aber nicht mehr miteinander.

Vigo, hör auf! Hast du eigentlich meinen Brief gekriegt?

Hab ich. Hast mir ja ganz schön eingeschenkt.

Da brach's halt irgendwie aus mir raus.

Jason war ein verrückter Hund, Alex. Es war ein mittleres Wunder, dass er überhaupt 36 wurde. Solche Typen werden nicht alt.

Ja, ja, jetzt komm mir nicht mit so 'nem »Die Guten sterben jung«-Blödsinn.

Nein. Aber weißt du, was Jason gemacht hätte, wenn ich hopsgegangen wär? 'ne Riesenparty organisiert und dann vier Tage durchgesoffen.

Kann ja sein. Für mich ist das halt weit weg. Wenn du dich dem Leben wirklich stellst und Kinder hast und Verantwortung, dann sieht das einfach anders aus.

Soll ich dir eine reinhauen?

Wie bitte?

Na ja. Das wär jetzt der Zeitpunkt. Kurz nach Tobis Geburt hast du wörtlich gesagt: »Vigo, wenn du von mir je den Satz hörst ›Krieg du erstmal selber Kinder‹, darfst du mir ungefragt eine reinhauen.«

Stimmt. Hab ich gesagt. Hab ich wirklich gesagt.

Jetzt mal keine schwule Betroffenheit. Ich hau dir schon keine rein. Ich trink jetzt erst mal einen Whisky. Du auch? Vielleicht gibt's hier alkoholfreien.

Blödmann.

Wo hab ich denn das Foto? Hier. Das ist sie.

Wer?

Na Sarah. Ich hab dir doch geschrieben von ihr. Die Überfliegerin von der Filmakademie.

Was denn? Die gibt's noch in deinem Leben? Das ist doch schon zwei Wochen her.

Achtung, Alex! Hier kommt 'ne Durchsage: Die Frau beschäftigt mich.

Sie »beschäftigt« dich?!

Jaaa.

Im Klartext: Sie lässt dich nicht ran.

Jaaa. Auch. Aber die hat irgendwie Klasse.

Logisch, Vigo, sonst wär sie längst auf dich reingefallen.

Nein. Sie ist anders. Also ganz anders. Mit der könnte ich alt werden.

Du bist alt.

Ja, schon, aber die …

Jaa?

Na ja, die is' so was fürs Leben vielleicht.

So. Jetzt hau ich dir eine rein. Du hast nämlich mal gesagt: »Wenn ich je den Satz …«

Schon gut. Ich weiß. Und jetzt trinkst du einen Whisky, sonst hast du einen Freund weniger.

Die Kinder schlafen tief und fest, Herr Thomsen. Was glauben Sie denn um halb eins in der Nacht? Die nehmen Sie jetzt nicht mit rüber.

Nein, Ihre Frau ist auch noch nicht zurück. Sie riechen ja schon wieder nach Alkohol. Sind Sie so etwa Auto gefahren?
Taxi! Wer's glaubt. Mit wem haben Sie sich denn so sinnlos betrunken?

Mit einem Freund. Ja sicher. Ihre Frau arbeitet bis tief in die Nacht, und Sie treiben sich rum mit irgendwelchen »Freunden«. Wenn Sie mir noch schnell frische Sachen rüberbringen, mache ich die Kinder fertig und schick sie zum Frühstück rüber.

smsLiebe Momke, ist mir peinlich, aber mit »Turandot« heute Abend wird's nichts. Elternabend. Meine Frau kann doch nicht. Nachbarin auch nicht. Hoffentlich wirst Du die Karte noch los. Gruß. Alex***sms***

So, damit hätten wir Punkt vier »Sicherheit auf dem Schulweg«, erledigt. Kommen wir jetzt zu »Verschiedenes«. Mir als Rektorin liegt da nichts vor. Gibt es ein Anliegen von Elternseite? … Herr Spiegel. Bitte.

Danke Frau Wagenbach. Mein Anliegen hat nur indirekt mit der Schule zu tun. Ich möchte einen Brief schreiben. Die Anregung kam von meinem jüngeren Sohn Sebastian. Die Kinder sollen ja auch dieses Jahr wieder zu einer Weihnachtsaufführung ins Theater am Gärtnerplatz gehen. Das ist zwar noch eine Weile hin, aber die entsprechenden Stücke werden ja jetzt schon ausgesucht und dann geprobt. Als ich mit Sebastian darüber gesprochen habe, hat er sich überhaupt nicht darauf gefreut. »Warum?«, habe ich ihn gefragt. Und er hat geantwortet: »Ach, das ist immer so Mädchenkram.« Da habe ich einfach mal nachgekuckt. Und er hat völlig recht. In den letzten Jahren wurden da folgende Weihnachtsstücke für Kinder aufgeführt: »Cinderella«, »Die Weihnachtsprinzessin«, »Frohes Fest bei Heidi und Klara«, »Schneeflöckchen und die kleine Fee« und »Hanni, Nanni und der Pferdeschlitten«. Nichts gegen diese Stücke, aber ich kann meinen Sohn verstehen. Hier entsteht der Eindruck, als sei Weihnachten ein Fest für Mädchen. Ich will ja nicht gleich »Die wilden Kerle« oder irgendwelche Räuber auf der Bühne sehen, aber so ein Theater sollte sich auch um die Jungs kümmern. Ich weiß nicht, was dieses Jahr dort geplant ist, aber ich möchte, dass wir Eltern, vielleicht auch unterstützt von der Schulleitung, an die Intendantin, Frau Kohrbach-Mühlenbeck, schreiben. Je mehr da unterschreiben, desto mehr Gewicht wird unsere Stimme haben.

Ja, danke, Herr Spiegel. Nun, Sie haben es gehört. Wer unterstützt dieses Vorhaben?

Gut. Da meldet sich zunächst niemand. Vielleicht formulieren Sie erst mal den Brief, und dann sehen wir weiter.

Nur noch Schlappschwänze.

Was haben Sie gesagt, Herr Spiegel?

Nichts.

»Herr Thomsen bitte in Behandlungszimmer zwei.«

Danke. Ich komme. Tag, Herr Doktor Ranz. Schlecht sehen Sie aus.

Ja, vielleicht ist mir das Polowochenende in St. Moritz nicht bekommen.

Nicht mehr Golf?

Ach Golf! Spielt doch heut' jeder Prolet. Sie haben ja heute gar kein Kind dabei. Sie wissen schon, dass ich Kinderarzt bin, oder?

Ja, klar. Ich brauch auch eher einen Rat.

Gerne.

Unter Ihren Kollegen, ist da jemand …

Viagra?

Nein!

Schade. Hier, ich hab die ganze Schublade voll. Kommt nächstes Jahr auch mit 'ner anderen Zusammensetzung. Geht nicht mehr so auf die Pumpe.

Ich brauch kein Viagra. Ich wollte Sie fragen, ob Sie jemanden kennen, dem Sie vertrauen. Jemanden, der ambulant eine Vasektomie macht.

Ah! Schnipp, schnapp! Kein großes Ding. Kann aber schmerzhaft sein. Muss nich'. Kann aber.

Ich weiß. Ich habe im Netz schon allerhand drüber gelesen.

Natürlich. Ich habe nur noch Patienten, die mehr wissen als ich. Doktor Internet macht's möglich.

Ist doch nicht schlecht, wenn sich die Patienten informieren.

Doch. Der letzte Dreck ist das. Weil ja doch jeder nur das liest, was er lesen will. Beispiel: Neulich war eine

Mutter da. Ihr Kind hatte einen unklaren Schmerz im Oberbauch. Ich hab mal auf Blähungen getippt und eine Stuhlgangregulierung angeregt. Sagt sie natürlich: nein. Das sei eine seltene Fehlfunktion der Bauchspeicheldrüse. In den USA seien da hunderte von Fällen dokumentiert. Sie hat in mehreren Foren darüber gelesen.

Und was war's?

Was soll ich sagen? Genau in dem Moment hat ihr kleines Mädchen derart gefurzt, dass hier fast die Scheiben rausgeflogen sind. Fehlfunktion des Darms. Nicht nur in den USA mehrere Millionen Fälle dokumentiert. Täglich.

Verstehe.

Noch mal zu Ihrer Schnipp-schnapp-Angelegenheit. Welcher Kollege auch immer, er wird Sie als Erstes fragen, ob Sie sich das auch gut überlegt haben. Durchtrennte Samenleiter wachsen nicht mehr zusammen.

Weiß ich. Ich hab zwei gesunde Kinder. Das reicht.

Wie alt ist denn Ihre Frau?

35.

Hmm. Dann geht's noch 'ne Weile. Ich stelle Ihnen mal 'ne andere Frage, die auch auf Sie zukommt: Wünschen Sie sich die Unfruchtbarkeit nur in Bezug auf eine bestimmte Partnerschaft?

Was soll das denn?

Herr Thomsen, Sie wissen genau, was das heißt. Das ist eine Standardfrage.

Ja. Nein. Also da is' nix. Ich finde nur, dass Verhütung nicht alleine eine Sache der Frau sein muss. Inga schluckt jetzt schon fast zwanzig Jahre die Pille.

Sicher. Klingt korrekt. Ich schreib Ihnen einen Namen auf. Ist ein Inder. Den kenn ich noch von der Uni. Einer der Großen im Schnipp-schnapp-Geschäft. Der hat Ihnen noch nicht die Hand gegeben, schon – schnipp, schnapp – sind die Dinger ab.

Danke, Herr Doktor.

2 Uhr

Konnte vier Tage nich' sitzen, Gala. Tut schon weh. Aber dann geht's.

Vigo? Ne, wirklich nich'. Dem hab ich das nie erzählt. Bis heute nich'. Eigentlich Quatsch. Ich wollte es ja. Finden Sie, dass man dann kein richtiger Mann mehr is'? Bin ich kein richtiger Mann mehr, Gala?

Ja. Wie sollen Sie das auch wissen? Wissen Sie, was Inga gesagt hat?

Ja, klar, können Sie auch nicht wissen. Ich sag Ihnen, was sie gesagt hat. Nix von wegen »Danke« oder »Super« oder so was. Ne. Sie hat gesagt: »Warum machst du denn so was? Du schläfst ja sowieso kaum noch mit mir.«
Ich war in 'ner Falle, Gala. Irgendwie war ich in 'ner Falle. Heute sehe ich das ganz klar. Also vielleicht nicht gerade jetzt im Moment. Aber sonst? Völlig klar ist das.
Hey. Hier ist ja schon alles fertig. Tipptopp. Kommen Sie doch rum. Hier neben mich. Hier wär noch frei. Hä, Hä!

Was müssen Sie noch?

Zapfhähne abschrauben. Einweichen. Ja. Wenn's sein muss.
Ich hab auch mal gekellnert. Abschrauben muss sein. Und so Kugeln. Also durch die Leitung. Aber wissen Sie ja alles. Gut machen Sie das. Sie sind sowieso … gut.

Nachhause gehen? Ach ne. Noch nich'. Ich geb Ihnen einen aus. Jetzt kommen Sie schon. Ich weiß ja, dass Leute, die im Hotel arbeiten, nie was mit Gästen anfangen dürfen. Kündigungsgrund angeblich. Ist das so?

Ich würd Ihnen nie kündigen, Gala. Selbst wenn Sie was mit mir anfangen würden. Aber das geht ja auch gar nicht.
Mann, red ich einen Scheiß.
Momke ist auch toll. Vielleicht wär die viel besser gewesen für mich. Die ist schlau und lustig. Und ich? Ich bin 'n Idiot.
Blöd, dass die Hähne jetzt ab sind. Jetzt hätt ich echt Lust auf 'n Bier.

'ne Flasche? Ach ne. Flaschenbier ist blöd. Aber ich nehm eins.

Ganz egal. Irgendeins. Pils oder Export, is' wurscht. Vigo hatte mal 'ne Ratte. Unglaublich! Die trank nur

Pils. Wenn Sie der 'n Export hingestellt haben, das hat die nicht angerührt.

Was? Umgekehrt. Ach, ich hab das schon erzählt. Ja. Tschuldigung. In Ste Maxime war ich dann natürlich auch nicht. Virusgrippe. Tobi lag zwei Wochen flach. Echt hohes Fieber. Armer Kerl. Und im Sommer drauf: Noro.

Na ja, so Brechen. Im Gesundheitslexikon steht: »Schwallartiges Erbrechen.« Das trifft es ziemlich gut. Drei Mal musste ich Christian absagen.

Ste Maxime, Juni 2008

Lieber Alex,

wirklich schade, dass es nun wieder nicht klappt bei Dir. Lass uns keine Verabredung mehr treffen. Wir kriegen es wahrscheinlich eher ganz spontan mal hin. Außerdem hätte ich Dir nicht ein einziges von meinen Bildern zeigen können. Ob Du es glaubst oder nicht: alles verkauft! Ich bin ein gefeierter Star der französischen Kunstszene. Es ist einfach widerlich! Hat denn keiner mehr Ahnung von nichts? Letzte Woche war ich in Paris und habe bei einer Ausstellung alle beschimpft und Ravioli gegen die Wand geworfen. Ich wollte damit »die Gesellschaft aufrütteln«. Stand in der Zeitung, ist aber völliger Quatsch. Ich wollte einfach Ravioli gegen die Wand schmeißen. Jedenfalls sind meine Bilder seitdem unbezahlbar. Wahrscheinlich schmeißen sie jetzt an Kunstakademien weltweit Ravioli gegen die Wand. Es kotzt mich an. Cora hat mich mal wieder gerettet: Leg dir eine Malblockade zu, hat sie gesagt. Genial! Eine Frau zum Heiraten. Mache ich nächste Woche. Wenn sie einen Pass kriegt. Der erste hatte sich als gefälscht herausgestellt. Ich werde nicht schlau aus der Frau, aber ich liebe sie. Gestern war ich beim Arzt. Delikate Angelegenheit. Cora hat jetzt auch unten rum so Blechnieten.
Im Herbst schicke ich Dir meinen ersten Gedichtband. Nicht, dass ich schon ein Gedicht geschrie-

ben hätte, aber ich bin finster entschlossen. Bisher bewege ich mich noch in der Liga »Kaum zu glauben, aber wahr, Onkel Hubert wird heut fünfzig Jahr«. Da will ich mal einen sehen, der das gut findet. Die sollen sich mal trauen. Ich kann auch in Buchhandlungen Ravioli schmeißen.
Schreib doch mal, oder komm doch direkt vorbei. Hier nebenan ist ein super Restaurant. Cora kann nicht kochen. Ich liebe sie.

Liebe Grüße,

Christian

Mail
von: friesischer.hof@emden.dt
an: alex.thomsen@d-online.dt

Hola Waschlappen,

wo bleibt die verdammte Erderwärmung? Es ist saukalt hier in Emden. Ich war noch nie in Emden, und ich will da auch nie wieder hin. Wir drehen hier eine Doku über Wattwürmer. Ich schreib es noch mal, damit Du es wirklich glaubst: WATTWÜRMER! Du kriegst die Mistviecher praktisch nie zu sehen. Stundenlang hocken wir mit dem ganzen Team im Schlick und

warten. Und wenn dann irgendwann mal so ein Scheißwurm einen Haufen Sand oben rausrotzt, geht dem Redakteur sofort einer ab. Beim Fernsehen arbeiten nur noch Schwachköpfe.
Am Wochenende bin ich in London und versuche, endlich mal wieder einen geilen Werbedreh an Land zu ziehen. Und weißt Du, wo ich da wohne? Na, wo wohnt Dein Kumpel Vigo wohl? Er wohnt bei der heißesten Frau westlich und östlich von Emden. Die gottgleiche Sarah hat mir einen Platz auf ihrem Sofa angeboten. Du merkst, ich rücke näher. Aber so richtig dran knabbern ist immer noch nicht. Die macht's echt spannend. Und ich will sie, Alex. Ich will sie wie nix anderes.
So, jetzt fängt es an zu regnen. Das findet der Wattwurm riesig. Gleich wird's also an meiner Tür klopfen, und dieser Hyperventilierer vom Fernsehen wird mich wieder rausscheuchen.
Emden! Verdammte Hölle.

Hasta luego

Vigo

Ganz schön peinlich so ein Tretboot, oder? Hoffentlich sieht mich keiner.

Ich seh dich, Momke. Und ich seh vor allem, dass du nicht trittst.

Ich bin von Beruf Prinzessin. Und du bist der Kerl, Alex. Also trittst du. Na los! Schneller! Den Schwan da kriegen wir!

Vorsicht, du wärst nicht die erste Galeristin, die in den Starnberger See fällt.

Trau dich doch! Aber eins verspreche ich dir: Du gehst mit über Bord.

Geh ich nicht!

Gehst du doch!

Ahhhh! Bist du wahnsinnig? Ich hab mein Handy in der Hosentasche.

Und was hast du noch in der Hose?

Momke! Finger weg! Lass uns wieder aufs Boot klettern. Alles klatschnass.

Dann ziehen wir's halt aus. Los, küss mich mal!

Momke.

Mach schon! ... Ist das alles? Wo hast du denn küssen gelernt?

Momke ... ich ...

Schon gut. Darf ich mich wenigstens ein bisschen an dir wärmen?

Klar darfst du ... Du bist schön.

Schon gut, Alex.

Da staunst du, Inga, was? Hör mal den Motor.
Hoppla! Den hätte Capitano Frank fast übersehen. Echt peinlich so ein Tretboot. Guck mal, wie der schaukelt in unserer Heckwelle. Ja, ja, scusi.
So, alles frei. Jetzt geben wir mal Gas. Halt dich fest.
Das ist ein Boot. »Riva«, eine Olympic aus den Siebzigern. Die Krönung. Hier, alles Mahagoni. Und wie das weiße Leder in der Sonne riecht. Wow! Guck mal da, kleiner Gag: meine Initialen in der Lehne. »F.K.« War immer mein Traum: Signore Frank fährt mit seinem Riva-Boot in der Sonne über den Lago Maggiore. Das da drüben ist Pallanza, da hab ich im »Bolongaro« einen Tisch für uns reserviert. Ein-

fache Küche. Aber auf den Punkt. Das terracottafarbene Haus da links ist meins. Perfetto. Ich fall aus der Tür, und zwei Schritte weiter bin ich bei Giulia im Lokal. Sie wird dich hassen. Bei bildschönen Frauen ist sie immer ein bisschen reserviert. Nach dem Lunch lassen wir uns ein bisschen treiben. Über die »Alta Moda« reden wir heute Abend. Der Termin in Milano ist ja erst morgen früh. Du musst zugeben, dass es eine gute Idee war von deinem »Franco Logistico«, schon heute hier runterzujetten. Den Kaffee nehmen wir später drüben in Laveno. Da ist die Abendsonne. Perfetto!

Ste Maxime, Juni 2008

Lieber Alex,

duck Dich! Hier kommt eins!

Lavendel.
Stummer Schrei aus grellem Lila.
Muschelsuche.
Möwenfluch.
Sonne brennt
und öffnet keusche Schenkel.
Bohr ich mich, bohrst Du Dich.
Wer bohrt, verliert!
Welle wogt en vogue,

klatscht lippenlappig zehendick,
bördelt brink und tömpelt tump.
Mann über Bord.
Nichts zu machen.
Geh.
Hol ihn.
Lavendel.

Scheiße, was? Gruß, Christian

smsLiebe Momke, kann leider wieder mal nicht zur Vernissage kommen. Inga muss schon früher nach Mailand. Hab niemanden für die Kinder. Ganz lieber Gruß, Alex***sms***

Starnberger Bote (Fakten), 23. Juni 2008

Eklat in Starnberger Galerie

Zu einem ungewöhnlichen Einsatz wurde die Starnberger Polizei am späten Dienstagabend gerufen. In der Galerie »Scharnitz« mussten die Beamten einen dreiundzwanzigjährigen Mann überwältigen. Der Mann hatte sich unter die Gäste einer Vernissage gemischt. Kurz nachdem Landrat Bründlmeyer seine Einführungsanspra-

che begonnen hatte, zückte der Mann mehrere Konservendosen aus einer mitgebrachten Tasche. Den Inhalt – Ravioli – warf er gegen die Wände der Galerie, noch ehe die Gäste der Vernissage einschreiten konnten. Nach seiner Festnahme erklärte der Mann, dass seine Aktion Kunst sei. Er berufe sich auf einen deutschen Künstler in Südfrankreich, der unlängst mit einer ähnlichen Aktion in Paris für Furore gesorgt hatte.
Der Dreiundzwanzigjährige wurde abgeführt und zur Beobachtung in das Landeskrankenhaus Tutzing gebracht.

Hallo Tobi! Hier ist die Mama! Alles gut bei euch?

Schön. Ich bin in Italien.

Klar bring ich euch was mit. Kannst du mir mal den Papa geben?

Der schläft auf dem Sofa. Schade.

Nein, nein, musst ihn nicht wecken.

Mich anrufen? Nein, soll er nicht. Ich hab's Handy aus. Bin nachher in einem Restaurant. Mit einem Kollegen. Tschüss, mein Engel. Küsschen.

Hallo. Inga Thomsen kann gerade nicht rangehen ans Handy. Hinterlassen Sie mir nach dem Pieps eine Nachricht. Danke.

PIEPS

Hallo du. Ich bin's. Der Tobi hat gesagt, du hast angerufen. Ich war eingenickt. Jetzt hab ich bloß die blöde Mailbox. Wie ist es in Mailand? Ich hab im Netz geguckt. Das Wetter ist ja super. Aber wahrscheinlich hängst du ja den ganzen Tag in irgendeiner Messehalle rum. Mach's dir nett. Vergiss bitte nicht, dass wir übermorgen den Termin bei der Bank haben. Den kann ich nicht noch mal verschieben. Kuss.

Hallo. Inga Thomsen kann gerade nicht rangehen ans Handy. Hinterlassen Sie mir nach dem Pieps eine Nachricht. Danke.

PIEPS

Ich bin's noch mal. Sorry, wenn ich nerve, aber ich bin gerade im Büro, und unser Computer hat sich aufgehängt. Um das Ding hochzufahren, brauche ich das Passwort. Du weißt schon, diese endlose Zahlen- und Buchstabenkolonne. Wo haben wir das aufgeschrieben? Oder wo ist das Handbuch? Ich werd noch wahnsinnig. Ich

ruf mal deine Assistentin an. Die Kohlbach. Schreibt die sich mit »H« oder ohne? Hoffentlich weiß die wenigstens, in welchem Hotel du bist. Kuss.

Hotel Carlton Baglioni, Milano. Buona sera! My name is Claudio Aquini. Can I help you?

Yes. My name is Alex Thomsen. I like to talk to my wife, Mrs. Inga Thomsen.

One momento, Signore!

»Krrk – volare Oh Oh, cantare Oh Oh Oh Oh! Nel blu … Krrk«

Mister Thomsen?

Yes!

Mrs. Thomsen is not in. Not yet. She will arrive tomorrow.

Tomorrow?! Are you sure?

Yes. There is a reservation for tomorrow, not for today. Mi dispiace. I'm sorry. You want to leave a message?

No. Oder doch … ach nein. No, thank you. Buona notte.

Du bist so still, Inga. Gefällt es dir nicht?

Ganz im Gegenteil: Es gefällt mir sogar ausgesprochen gut. Ich hab schon lange nicht mehr einfach nur dagesessen und aufs Wasser geschaut. Viel zu lange.

Ich auch nicht.

Du? Einfach dasitzen? Bist du da überhaupt der Typ für? Fährst du nicht lieber mit dem Boot rum und suchst Wein aus oder fährst mit deinem Porsche ins Piemont zum Trüffelkaufen?

Inga, das denkst du von mir?

Na ja, schon 'n bisschen.

Nicht zu fassen!

Was?

Na ja … jetzt passiert mir das schon wieder. Warum wirke ich bloß so?

Hör auf, Frank! Du weißt doch, wie du wirkst, und du willst doch auch so sein.

Nein! Nein, nein und noch mal nein. Sicher, ich will das Schöne, aber ich will auch das Wahre, das Reine. Mag sein, dass das aufgesetzt wirkt, aber glaub es oder nicht: Manchmal bin ich viel unsicherer, als du vielleicht denkst.

Du?!

Ja, ich. Kannst du dir denn wirklich nicht vorstellen, dass das vielleicht alles nur eine Art Schutzhülle ist? Dass ich vielleicht auch schon verletzt wurde? Inga, ich muss stark sein.

Für mich musst du's nicht.

Bei dir will ich es auch nicht ... Kann ich es auch nicht.

Frank ...

Pssttt! Einfach genießen ...
Es ist ja ganz gleich, wen wir lieben
und wer uns das Herz einmal bricht.
Wir werden vom Schicksal getrieben,
und das Ende ist immer Verzicht.

Wir glauben und hoffen und denken,
dass einmal ein Wunder geschieht.
Doch wenn wir uns dann verschenken,
ist es das alte Lied:

Nur nicht aus Liebe weinen,
es gibt auf Erden nicht nur den einen …

Frank, das ist ja wunderschön.

Zarah Leander. Und auch ein Stück von mir.

Ach Frank.

Gossip today – The Peoples magazine

(Diese Seite wurde übersetzt von Germanvox 2.0)

Los Angeles. Heidi Klum platzt kein Bauch in Fastunfall. Die deutsche Topmodell Heidi Klum, hat fast verschwunden Ihr kommenden Baby von Seal Singer. Hohe Kilometerstundenzahl zu schnell in Fahrt von Shopping. Kommt Mauer links an Beach Avenue. Dreht Auto kaputt. Schaden macht überall. Baum weg. Seal Singer reist weg Auftritt in London bei Hälfte für Schnellflug in Los Angeles. Schaden an Heidi nur klein. Von Baby gar nicht Schaden. Seal Singer auch froh kein Schaden.

London. Tina Turner nicht kommt zurück für Kommzurück-Tour. Ist alt. Sagt selbst. Manager will Geld zurück von Kommzurück-Star, wenn nicht kommt zurück. Tina meint, soll lecken Arsch. Kommt nicht zurück. Wird Gericht sehen.

London. Sarah Barton ist neu Schießstar bei London Filmfeier. Kann erst 23, aber schon viel Talent ist. Hat gefeiert worden bei Premiere von Film gemacht mit Namen »Rollende Steine«. Film ist über Steine mit Jagger. Sarah Barton glücklich mit Film gut voll Lob und Freund neu von Deutschland. Ist vorgestellt Vigo und nicht bekannt aber alt schon. Sie mit er glücklich. Kann Heirat sein.

`***sms***Hola Waschlappen! Dreimal Halleluja! Ich bin erhört worden. She's the one! Vigo!***sms***`

Entschuldigung! Haben Sie nicht eine ganz normale Tasse Filterkaffee? Nur dieses Caramelmacchiatolattegedöns?

Alex, der Kellner kann doch nichts dafür. Hier, der »Coffee of the week«, das ist ein deutscher Filterkaffee.

Alles klar: »Coffee of the week« ist deutscher Filterkaffee. Ich werd noch wahnsinnig, Momke.

Warum bist du denn so schlecht gelaunt? Es ist ein herrlicher Sommertag, wir sitzen im schönsten Café Münchens, und du hättest alle Chancen, eine betörende sinnliche Frau mit einem verflucht kurzen Rock abzuschleppen. Guck mal. Der rutscht immer hoch.

Hab schon geguckt.

Und?

Ist kurz.

Und sonst?

Ja. Tolle Beine. Weißt du doch. Momke, du siehst hinreißend aus …

Aber?

Inga.

Inga? Hey, das ist mutig. Ich mach dir hier gerade alle Türen und fummeligen Verschlüsse auf, und du redest von deiner Frau.

Ich hab sonst niemanden, mit dem ich darüber reden könnte. Schlimm?

Damit hier keine Missverständnisse aufkommen: Ich will ins Bett mit dir. Aber wenn ich vorher dein bester Freund sein muss, dann los.

Also, es ist so: Inga sollte eigentlich seit gestern in Mailand sein. In dem Hotel ist sie aber nicht angekommen, das Zimmer ist auch erst ab heute gebucht. Handy ist seit gestern Abend aus. Das hat sie sonst immer an. Und zurückgerufen hat sie auch nicht.

Irgendwelche Unfälle in den Nachrichten? Flugzeugabstürze? Erdbeben?

Sehr lustig. Nein. Ich weiß nicht, was ich davon halten soll. Ich hab ihr nie hinterherspioniert und halte das auch nicht für nötig.

Ich kann das nicht einschätzen, Alex. Dazu müsste ich dich Sachen über deine Ehe fragen, die ich eigentlich gar nicht wissen will. Vielleicht gibt's ja auch 'ne ganz normale Erklärung.

Was denn?

Weiß nicht. Handy kaputt. Anschlussflug nicht gekriegt. Irgend so was.

Und 'n anderer Typ?

Ja. Kann auch sein. Wenn du mit ihr AUCH nur redest und sonst nix machst, würde es mich nicht wundern. Aber wie gesagt: Das will ich eigentlich gar nicht wissen. Red mit ihr, wenn sie wieder da ist.

Wenn du mit einem anderen Mann schlafen würdest …

Ich schlafe mit anderen Männern, Alex.

Das will ich nicht wissen. Auf jeden Fall, wenn du an ihrer Stelle wärst, wie würdest du dich dann jetzt heute mir gegenüber verhalten?

Wenn ich das ständig machen würde, wär mein Handy wahrscheinlich an, und ich würde total routiniert damit umgehen. Beim ersten Mal … tja, da würd ich vielleicht erst mal nur 'ne SMS schicken. So selbstverständlich wie möglich. So was wie: »Hallo Schatz. Mein Akku war leer. Bin auf dem Weg nach Mailand. Hatte Dir ja gesagt, dass wir am Abend vorher noch ein Dinner bei XY haben.«
So was in der Art.

Düdelüd

Tschuldige. Mein Handy. SMS.

Wow! Showdown. Das passt ja. Und?

Floris Lehrerin. Ich soll zwei Kuchen für das Sommerfest backen.

Ach, Alex.

»Atlantis – Das Literaturmagazin«

Neuerscheinungen

Die explosive Wucht des Fatalistischen. Christian Bohrmann legt die literarische Sensation dieses Herbstes vor. Von unserem Redakteur Hieronymus Zestenlau.

Das Wort »Sensation« ist an dieser Stelle schon oft bemüht worden. Aber noch nie, geneigte Leser, war es so zutreffend, so berechtigt, so à point wie hier und heute. Der Gedichtband »Scheiße, was?« von Christian Bohrmann kann mit Fug und Recht als das wuchtigste Werk deutscher Lyrik in den vergangenen zwanzig Jahren bezeichnet werden. Ausweglosigkeit und nicht enden wollendes Selbstzerfressen bestimmen sein Schaffen. Der in Südfrankreich lebende Autor rudert seinen Kahn weit hinaus auf den Ozean der Leiden. Auf 91 vom Dichter selbst düster illustrierten Seiten ist nicht ein Funken Hoffnung. Kein Licht. Kein Leben. Nun ergibt bloßes Aneinanderreihen von Apokalypsen und Entgleisungen laut Heidegger noch kein Argument, geschweige denn ein lyrisches Epos. Das jedoch ist bei Bohrmann anders. Er unterläuft, da als gescheiterter Journalist sowieso nicht satisfaktionsfähig, die Ansprüche des Seinsdenkens und verschreibt der Begrifflichkeit Heideggers eine denkwürdige Etymologie. Meisterlich! Fünf Sterne ***** Christian Bohrmann, »Scheiße, was?«, 91 Seiten 24,50 Euro. Der Autor steht für Lesungen nicht zur Verfügung. Pressegespräch auf der Buchmesse Frankfurt, 12.10., am Stand des Gegenstromverlags, Halle 4.1

smsHallo Schatz. Sorry. Kein Netz. Und Akku leer. Bin jetzt kurz vor Mailand. Hatten gestern noch Meeting in Laveno. Kuss, Inga***sms***

London, 24. Juni 2008

Hola Waschlappen,

Dir schreibt ein glücklicher Mann. Knie nieder und sprich mir nach: All you need is love! So, jetzt kannst Du wieder aufstehen und mir ein paar Postkarten von London schicken. Ich kriege von dieser

Stadt nämlich nichts zu sehen, außer Sarahs Bett natürlich. Diese Frau ist unglaublich. Ich muss mir schon relevante Körperteile mit Eiswürfeln kühlen. Ha, ha! Und weißt Du was, Alex: Ich will bei ihr bleiben. Ich will gar nicht weg. Ich kenn das gar nicht. Die macht was mit mir. Ja, ja, Du hast recht: Sie ist zu jung für mich. Und ich erspar Dir jetzt diesen dämlichen Satz: Für ihr Alter ist sie aber unglaublich reif. Ist sie nicht. Aber sie liebt mich. Und ich sie. Bevor Du einen Arzt rufst, schreib ich's noch mal in Großbuchstaben hin: ICH LIEBE SIE!!! Ja, ich weiß, das habe ich schon oft gesagt, aber nie gefühlt. Jetzt fühle ich es auch. Überwältigend und nicht nur schön. Ich habe Angst, jemanden zu verlieren. Ich! Ich bin eifersüchtig. Ich! Ich habe einen Superjob auf Madeira abgesagt. Ich! Alles wegen Sarah. Also entweder Du holst mich jetzt hier raus, oder ich heirate sie. Du hast es in der Hand, Freund. Beeil Dich. Ich sinke.

Blubb

Vigo

Tut mir leid, aber das mit dem Banktermin geht wirklich nicht, Alex. Allein in meiner Abteilung sind drei Leute krankgeschrieben, und ich muss noch das ganze Layout umkrempeln. Es geht nicht.

Schau mal, das hier hab ich dir mitgebracht: getrocknete Steinpilze aus dem Piemont, die sollen super sein. Und hier: schwarze Nudeln. Vielleicht machst du uns was Leckeres draus. Ein bisschen Hunger hätte ich ja.

Mailand war ganz okay. Anstrengend. Das mit meinem Handy war blöd, sonst hätte ich mich natürlich gemeldet. Die haben mir im Hotel gesagt, dass du angerufen hast. Aber ich konnte ja noch gar nicht da sein. Wusstest du ja. Hast du wahrscheinlich vergessen. Mein kleiner Schussel, du.

Am Wochenende kommen die Berliner, du weißt schon, diese Sache wegen der Druckkosten. Der Chef von Weber-Druck hat seine Kinder dabei. Zwei Mädchen, so um die zehn glaub ich. Geht natürlich für das Meeting gar nicht. Ich hab ihm gesagt, dass du sie nehmen könntest. Da wollten wir ja eigentlich zum Tegernsee, also hast du ja Zeit. Geht doch in den Zoo oder ein Eis essen. Dir wird schon was einfallen … Alex. Du bist so still. Ist was?

Gautinger Bote, 12. Juli
Ressort: Ihre Meinung

Leserbrief von Dipl.-Ing. Thomas Spiegel, Ammergauerstraße 4, zu unserem Artikel »Girls Power – Starke Mädchen braucht das Land!«

Schon die Überschrift stellt die Fakten auf den Kopf. Zumindest in unserem deutschen Bildungs- und Erziehungssystem sind Mädchen längst die Stärkeren (siehe meine Leserbriefe vom 2.1., 3.4. und 21.8.2007). Ständig werden Mädchen den Jungs als Vorbilder hingestellt: »Sei doch mal so lieb wie die Sara-Marie«, »Sitz doch mal so still wie die Lisa«, »Sei doch mal so fleißig wie die Zoe«! Dem völlig anderen Bewegungs- und Lernverhalten von Jungs wird nirgendwo Rechnung getragen. Ich selbst bin Vater von zwei Söhnen (Sebastian, 8, und Lars, 15). Und speziell beim Älteren sehe ich, wohin diese Art von Erziehung führt. Es gibt bei pubertierenden Jungs nicht etwa ein geändertes Rollenverhalten, sondern gar keins mehr. Nicht nur, dass jedes halbstarke Verhalten sofort als jugendliche Kriminalität gewertet wird. Nein, auch der Umgang mit Mädchen – eigentlich die natürlichste Sache der Welt – ist inzwischen fast unmöglich geworden. Vor dem Hintergrund von angeblichem Macho-Verhalten oder gar sexueller Belästigung traut sich mein Lars praktisch überhaupt nicht mehr, ein Mädchen anzusprechen. Außerdem können die ja sowieso alles besser. Für die Mädchen ist das freilich auch nicht leicht. Meine ebenfalls 15-jährige Nichte hat sich neulich beklagt, dass sich die Jungs immer weiter zurückziehen würden. Selbst wenn sie die Initiative übernähme, wären die verunsicherten Jungs zögerlich und zurückhaltend. Mag sein, dass das nicht für alle sozialen Milieus gilt, aber für den »aufgeklärten« Teil der Gesellschaft ist das längst ein Problem. Wenn Biologen uns Männern immer weniger Spermien attestieren, ist das schlimm. Noch schlimmer ist aber die Vorstellung, dass es langfristig offenbar immer weniger Situationen geben wird, in denen das eine Rolle spielt. Ein Problem, auf das ich schon in meinem Leserbrief »Frauenfußball ist nicht wirklich Fußball!« vom 8.6. hingewiesen habe. Ein Leserbrief, den der »Gautinger Bote« übrigens nicht abgedruckt hat. Warum? Und wann heißt der »Gautinger Bote« eigentlich »Gautinger Botin«?

Thomas Spiegel

Das ist doch Bob Dylan, oder? Gala, ist das Dylan?

Dachte ich mir. Hört man ja auch: Keiner singt Bob-Dylan-Songs so schlecht wie Bob Dylan. Wenn der

»Like a Rolling Stone« in Grund und Boden krächzt, wird's einem ganz anders. Was hören Sie denn gerne?

Eros Ramazzotti. Schon wieder Italien. Letzten Sommer waren wir dann auch noch mal da. Apulien. Geheimtipp. Schweineheiß war's da. Und der Tobi hatte siebzehn Mückenstiche nur im Gesicht. Ich sag Ihnen was, Gala: Die nächsten 104 Jahre fahr ich nicht mehr nach Italien. Kommen Sie, legen Sie mal was von Ramazzotti auf. Soll richtig weh tun.

»Adesso Tu«. Schlimm, dieser Ramazzotti. Immer dasselbe.

Ja, ja, schon schön. Ich mein, so gefühlsmäßig immer dasselbe. Wollen Sie tanzen? Hoffentlich sagen Sie nicht ja. Ich kann gar nicht tanzen.

Glück gehabt. Ja, ne. Eigentlich doch nicht. Angefasst hätt ich Sie schon ganz gerne mal. Nur so an der Hüfte. Nur mal so kurz. Da ist so 'n schöner Schwung. Zur Hölle, Gala. Schmeißen Sie mich endlich raus! Sie merken doch, dass es immer schlimmer wird.

Espresso? Ne, danke. Wird überschätzt ... andererseits ... mit 'nem Brandy drin könnte er mein Freund werden. Wollen Sie meine Freundin werden, Gala?

Ich weiß. Sind Sie schon. Das ist lieb. Schon wieder.

Apulien ist 'n Geheimtipp.

Ach, das hab ich schon gesagt. War nicht schön. Hätten drei Wochen werden sollen. Aber schon nach 'ner Woche ist Inga zurückgeflogen. Vier Tage New York. Natürlich mit Kirsten.

Irgend 'ne Fashion-Week. So 'n Moderotz. Und ich mit den Kindern in Italien. Wollt ich gar nicht hin. Verdammte Mücken. Tobi hatte sechzehn Mückenstiche nur im Gesicht.

Siebzehn? Stimmt. Siebzehn. Der Sommer war lang. Und trostlos. Es stimmte einfach nicht mehr. Ich hätt sie einfach fragen sollen. Nur fragen. Aber nicht mal das habe ich hingekriegt.

Waren Sie schon mal auf der Buchmesse? Frankfurt?

Ich auch nicht. Aber Christian war da. Der mit den Gedichten und den Bildern. Und da hat er Kirsten getroffen. Arsch.

Mensch Bohrmann. Hab gerade Ihr Buch geklaut am Stand von Ihrem Verlag. »Scheiße, was?« ist ein toller Titel. Sagt wahrscheinlich alles über den Inhalt.

Tja, Kirsten. Bei mir steht's schon vorne drauf. Bei Ihren Magazinen merkt man es erst, wenn man sie aufschlägt.

Das Bild auf dem Umschlag ist ja auch furchtbar. Selbst gepinselt?

Ja. Is' aus meinem Atelier. Hab' ich für 400 000 verkauft. Wenn Sie mal Erfolg haben, Kirsten, können Sie sich vielleicht eins leisten.

Klar, Bohrmann. Dafür hänge ich sofort meine Miros ab.

Apropos abhängen: Was die Auflagen angeht, werden Sie ja gerade auch ganz schön abgehängt.

Für einen Journalisten waren Sie früher schon schlecht informiert, Bohrmann. Scheint nicht besser geworden zu sein.

Immerhin kann ich inzwischen lesen. Und da steht: 15 Prozent Rückgang.

Umstrukturierungen, Bohrmann. Die Titel, die von Inga Thomsen betreut werden, laufen hervorragend. Ist sie eigentlich noch die Frau Ihres besten Freundes?

Ja.

Am Lago Maggiore hatte ich neulich nicht den Eindruck. Na ja, vielleicht führen die beiden ja eine offene Beziehung. Wäre auch schade, wenn der Charme und die Sinnlichkeit von Frau Thomsen nur EINEM Mann zugutekäme ... Sie sagen ja gar nichts, Bohrmann.

Hallo! Das ist die Mailbox von Aex Thomsen. Mein Handy ist aus. Nachricht bitte nach dem Pieps.

PIEPS

Hallo Alex! … äh Christian hier. Blöd, dass du nicht rangehst. Ich flieg heut wieder nach Ste Maxime zurück. Ich wollt dir was erzählen. Gestern hab ich auf der Messe Kirsten getroffen. Der Typ ist nach wie vor ein 1 A Riesenarschloch. Er hat gesagt … ach, ruf mich einfach mal zurück.

PIEPS

Gossip today – The Peoples magazine

(Diese Seite wurde übersetzt von Germanvox 2.0)

Los Angeles. Erben von König von Pop tot machen Streit viel. Wollen nicht »Niemals Land« niemals kauf zurück. Pop König Singer wollte schon kauf zurück. Bank nicht gab gar nichts und jetzt nicht weil tot. Will auf anderer Hand haben Geld von Erben von Pop von König. Haben nicht, sagt Anwalt. Bald kommen Albums neu mit Musik alt für Erben zu zahlen Bank. Zeit will sehen.

Nassau, Bahamas. Prinz Harry macht nackt und trinkt sich. Nachtclubmann sagt voll wie Geschütz. Wales Prinz bricht sich hinter Bar. Schläft sandwärts. Nach wach worden geht Bar zurück und fummelt Mary von 21 Jahre hübsch. Mary Freund haut Wales Prinz Auge. Zeugen von Auge sagen Auge blau. Blut auch. Wales Prinz nüchterne Zelle. Bis Morgen.

London. Sarah Barton, neuer Schießstar an Himmel von Film wird Kind in April. Vater ist Vigo Freund von Deutschland. Freut auch sich. Mädchen egal wie Junge. Gesund wichtige Sache. Nicht wichtig anderes. Aber Sarah Karriere macht voran ohne Stopp. Vigo Freund will kümmern wenn da Baby. Neuer Film auch kommt. Cannes soll sein.

Warum? Ja … warum? Ich weiß es auch nicht, Alex. Den einen, einzigen Grund gibt es gar nicht. WIR sind der Grund. Da ist doch irgendwie der Wurm drin. Schon länger. Wir reden doch kaum noch. Wir schlafen nicht mehr miteinander. Ich weiß ja, dass Du mit dem Haus und den Kindern und all dem 'ne Menge um die Ohren hast. Und glaub mir, ich hab oft ein schlechtes Gewissen. Aber du hast dich komplett zurückgezogen. Und ich komm mir auch blöd vor, wenn ich dich bedränge. Und sag nicht, ich hätte es nicht immer wieder versucht. Guck doch nich' so.

Verletzt? Das weiß ich doch. Natürlich hab ich dich verletzt. Und ich würd es gerne ungeschehen machen. Das musst du mir glauben.

Wie oft? Ach Alex, ist das nicht egal ? Auf jeden Fall nie mehr … Ganz sicher nicht.

Ja, ich weiß auch, dass er ein Arsch ist. Im Grunde wusste ich es auch damals. Aber … er hat sich um mich gekümmert. Er hat mir das Gefühl gegeben, dass ich eine tolle Frau bin. Begehrenswert. Schön.

Wann hast du mir das zuletzt gesagt? Wann hast du mir mal die Klamotten vom Leib gerissen? Früher haben wir es gerade noch bis hinter die Hecke vom Biergarten geschafft. Weißt du noch? Oder bei dieser Hüttentour. Mannomann! So ein bisschen davon hätten wir uns doch irgendwie bewahren müssen. Wenn ich was Scharfes anziehe wie neulich merkst du es ja nicht mal. Da hast du irgendeine Geschichte aus Floris Matheunterricht erzählt.

Ja, ich weiß, dass das wichtig ist. Aber WIR sind auch wichtig.

Ich schufte auch, Alex. Ich tu das doch auch, damit wir ein schönes Heim haben. Damit wir uns schöne Sachen leisten können. Für die Kinder.

Du musst was?

Ja, ich warte.

Nein, ich will auch keine verknitterten Klamotten. Also hol das Zeug aus dem Trockner und komm wieder.

Wie's jetzt weitergeht? Gute Frage. Ich weiß es doch auch nicht. Ich hab dich lieb, Alex. Ich hab dir weh getan, und das tut mir leid. Du bist der letzte Mensch, dem ich weh tun wollte.

Ändern? Natürlich müssen wir was ändern. Aber was? Wo fangen wir an?

Bitte hör auf! Ich hab doch schon gesagt, dass das nicht mehr vorkommt. Und das meine ich auch so. Wir müssen wieder aufeinander zugehen, Alex. Aber dazu musst du mir verzeihen. Ich bitte dich darum. Vielleicht sollten wir uns Hilfe holen. Eine Paartherapie. Irgend so was. Komm doch mal her, Alex. Bitte.

Hallo Herr Thomsen! Sie haben doch gar keinen Termin bei Doktor Ranz. Ist was mit den Jungs?

Nein. Ich wollte Doktor Ranz nur kurz was Persönliches fragen. Ist er denn da?

Nein. Erst nächste Woche wieder. Wenn's was Wichtiges ist, können Sie auch zu Frau Doktor Leisner rein, die vertritt ihn.

Ist Doktor Ranz im Polo-Urlaub?

Doktor Ranz spielt kein Polo. Er macht überhaupt keinen Sport. Ich wünschte, es wäre so.

Aber er hat doch gesagt …

Ich weiß, sagt er allen. Ihnen kann ich's verraten, Herr Thomsen: Er ist in Rumänien.

Rumänien?

Ja. Zweimal im Jahr für drei Wochen. Er betreut dort vier Kinderheime. Schon seit zehn Jahren.

Hat er nie erwähnt.

Ja. Haben Sie im Behandlungszimmer nicht den Spruch an der Wand gesehen? Von Karl Lagerfeld? »Ich will nicht, dass man mich für einen guten Menschen hält.« Danach lebt Doktor Ranz auch. Aber glauben Sie mir, er ist einer. Dann kommt mal rein ihr zwei! Im Wohnzimmer läuft schon die Glotze. Aber Schuhe ausziehen! Und wer mir mit Chipsfingern das Sofa beschmiert, kriegt die Hände abgehackt. In meinem Haus herrscht die Scharia.

Frau Ottmann, der Tobi ist erst sechs! Der schläft die ganze Nacht nicht, wenn Sie ihm so große Angst machen.

Ach was, Herr Thomsen! Kinder können so was ab. Die sind doch selber grausam. Stellen Sie sich doch mal 'ne halbe Stunde auf einen Kinderspielplatz. Da glauben Sie, Sie sind in einem Ausbildungslager für Terroristen.

Schon gut, Frau Ottmann. Aber es wäre gut, wenn Sie das mit den Chips nicht übertreiben. Und Fernsehen für den Flori nur noch bis halb neun, der schreibt morgen eine Englischarbeit.

Versprochen, Herr Thomsen. Wo ist eigentlich Ihre Frau? Die hab ich schon lange nicht mehr gesehen. Die arbeitet sich ja wirklich wund, damit Sie so ein Lotterleben führen können. Wo gehen Sie eigentlich heute Abend schon wieder hin?

Frau Ottmann, ich bin froh und mehr als dankbar, dass Sie die Jungs nehmen. Und glauben Sie mir, ich kümmere mich auch sonst um alles. Gerade eben erst habe ich einen Blazer von meiner Frau gebügelt. Ganz ordentlich. Ich hab sogar vorher die Rechnung vom Doppelzimmer in Italien rausgenommen.

Nein!

Doch, Frau Ottmann. Und jetzt gehe ich ein Bier trinken. Bis später.

Mail
von: vigo.productions@london.gb
an: alex.thomsen@d-online.dt

Hi Waschlappen,

das ist ja echt Scheiße! Dass Frauen so sein können! Also wie Männer. Einfach widerlich! Ist nicht der Zeitpunkt zum Klugscheißen: Aber ich habe es Dir ja gesagt. Frauen verlieren den Respekt vor Männern, die die Kackewindeln vor die Tür bringen und die Servietten bügeln. Ich würde Dir gerne einen Rat geben, aber so was ist mir halt noch nie passiert. Klar bist Du gekränkt, und natürlich will man erst mal alle Brocken hinschmeißen. Aber vielleicht solltest Du doch cool bleiben. Ich persönlich finde ja auch ein bisschen Rache nicht schlecht. Wie Du mir, popp ich Dich. Schau Dich einfach um. Lass sie ein bisschen leiden. Ich weiß, mit den Jungs an der Backe ist das nicht einfach. Aber mit Winseln kriegst Du Inga auch nicht zurück. Willst Du das überhaupt? Ist sie überhaupt weg, oder was? Wir müssen dringend reden und trinken.
Am nächsten Wochenende geht's leider nicht. Ich muss mit Sarah nach Manchester zu irgendeinem erleuchteten Ultraschall-Fuzzi, der besser ist, als alle Oxford-studierten Superdoktoren in London. Auf jeden Fall ist

er teurer. Und ich will Sarah nicht allein da hinfahren lassen, sie hat ja jetzt doch schon eine Mordskugel. Du warst ja auch immer dabei, wenn Inga beim Doc war. Ist vielleicht besser.
In drei Wochen habe ich Zeit für Dich. Ich komme nach München. Du solltest schauen, dass Du Dich bis dahin mal vom Acker machst. Fahr doch zu Deinem Ex-Chef nach Südfrankreich. Die Kinder stellst Du Inga vor die Tür. Da kann sie mal ganz Mama sein. Los, Tasche packen! Sonst kriegst Du es mit mir zu tun.

See you

Vigo

Ich räum ab, Momke.

Lass den Quatsch, Alex. Aufräumen kann ich auch später noch.

Das war lecker. Wie hast du die Sauce gemacht? Mit selbstgezogenem Fond?

Ich hab sie bei Feinkost Dillinger gekauft. Muss man nur noch warm machen.

Das ist lieb, dass du dich heute Abend um mich kümmerst.

Prost, du Trauerkloß. Komm schon, rück mal ein bisschen näher. Ich tu schon nix. Hier, mach mal den Schampus auf.

Ich muss noch fahren.

Sicher?

Na ja, ich kann auch 'ne Taxe nehmen. Prost! Auf dich. Was würde ich ohne dich machen?

Fond?

Dein Kleid ist einfach … wow! Atemberaubend.

Ganz neu. Ist der Ausschnitt nicht doch ein bisschen groß?

Luder. Du weißt doch genau, dass es großartig aussieht.

Es fühlt sich übrigens auch so an. Hier, gib mir mal deine Hand.

Mmmhhh. Gut.

Und hier geht's auf. Genau …

Hey, Alex. Langsam …
Hihi! …
Guck mal an: Du kannst das ja … und du riechst gut …
Blöder Gürtel. Geh schon auf …
Oooooooo! …
Alex, das ist ein französischer BH, der geht vorne auf …
Mhmmm …
Autsch! …
Gut …
Komm schon, zieh das auch noch aus! …
Na? …
Endlich. Hab schon nicht mehr geglaubt, dass das noch mal passiert …
Komm her! …
Los! …
Ja! …
Alex? …
Was ist, Alex? …
Jetzt sag schon! …

Ich kann nicht. Ich kann einfach nicht. Momke, du …

Raus.

Ich …

Raus! Und lass dich nie wieder blicken.

Psst! Herr Thomsen, kommen Sie noch mal rüber. Ich hab auf Sie gewartet.

Ja, ich weiß selber, dass es spät ist. Kommen Sie rein. Ihre Jungs schlafen. Alles gut. Herrje! Wie sehen Sie denn aus?

Getrunken? Seh ich. Aber nicht genug. Ich hol uns mal einen schönen Whiskey. Sie werden staunen, was die alte Iris Ottmann so alles im Keller hat. Hier, hat mein Mann stehen lassen. Sein Lieblingswhiskey: schottischer Macallan aus dem Jahr 1964. Ich hab mal nachgeschaut, die Flasche kostet über 1000 Euro. Den mischen wir jetzt mit Cola oder warmem Kakao. Is' mir doch wurscht. Prost!

Sie sehen echt schlimm aus. Aber ich sag Ihnen was: Männer sind alle Idioten. Frauen auch. Ihre zum Beispiel. Das sag ich der aber auch.

Doch, mach ich. Los, noch einen! Wir sitzen hier nicht zum Spaß. Prost! Buäähh! Vielleicht mit Apfelsaft verdünnen. So, und jetzt sagt Ihnen die alte Ottmann mal, wie's weitergeht. Sie kriegen ja gar nix mehr geregelt. Sie verreisen. Und zwar morgen früh.

Keine Widerrede. Ich bring die Jungs zur Schule, fütter sie mittags ab und fahr sie zum Training oder irgendeinem anderen Scheiß. Bis Donnerstag. Sie

haben vier Tage. Machen Sie irgendwas. Und rufen Sie auf keinen Fall Ihre Frau an. Los, noch einen! Buähhh! Wirklich widerlich.
So, und jetzt schieben Sie ab, Herr Thomsen. Wissen Sie, was ich mich frage?

Ja, das auch. Aber ich frage mich, warum ICH nicht so einen Waschlappen wie Sie geheiratet habe. Ich hab auch immer Pech. Gute Nacht. Schlafen Sie gut.

Gautinger Bote, 4. November 2008
»Aus der Landeshauptstadt«

Protest am Gärtnerplatz

München. Mit eineinhalb Stunden Verspätung begann gestern Abend die Aufführung von »Liebe und Eifersucht« im Theater am Gärtnerplatz. Ein 43-jähriger Diplom-Ingenieur aus Gauting hatte sich mit einer Stahlkette und einem Vorhängeschloss an die Eingangstüren gekettet. Der Mann, dessen Name von der Polizei mit Thomas S. angegeben wird, wollte mit seiner Aktion gegen den Winterspielplan des Theaters protestieren. Das speziell für Schulklassen gedachte Weihnachtsstück »Leila und die Eisfee« müsse abgesetzt werden. Der ständige Mädchenkram kotze ihn an, brüllte der 43-Jährige in ein Megafon, be-

vor er von der Polizei in Gewahrsam genommen wurde. Thomas S. hatte seine Aktion mehrfach angekündigt. Unter anderem per Leserbrief in dieser Zeitung. Intendantin, Dramaturgin und die Sprecherin des Theater-Ensembles wiesen die Kritik am Spielplan unterdessen zurück. Die Kulturdezernentin der Stadt, Irene Heiligenrot-Schradermann, war nicht zu erreichen. Ihre Vertreterin, Bärbel de Voison, erklärte sich zum Dialog mit Thomas S. bereit.

Wusste nicht, dass Möwen so groß sind.

Doch, doch. Fliegende Ratten. Die kacken hier auch alles voll. Und wenn ich mal kurz ins Haus gehe, dann räumen die hier auf der Terrasse den ganzen Frühstückstisch ab.

Schön hast du's hier. Sogar im Winter.

Letzte Woche hatte es unten in Ste Maxime 21 Grad. Im November. Klimakatastrophe ist einfach eine geile Sache.

Danke, dass ich kommen durfte, Christian.

Wurde doch längst Zeit. Was willst du jetzt machen, Alex?

Weiß nich'. Bin völlig leer. Morgen muss ich zurück. Die Jungs sind nur vier Tage bei der Nachbarin. Die fehlen mir auch.

Bleib einfach noch.

Wie denn?

Inga. Soll sich doch Inga drum kümmern.

Die ist ab morgen für 'ne Woche in Berlin.

Wetten nicht?

Ich kann doch nicht …

Kannst du. Morgen gehen wir erst mal angeln, und dann kaufen wir uns irgendwo einen leckeren Fisch.

Was ist das eigentlich für ein markerschütterndes Geschrei? Kommt das von oben?

Aus dem Schlafzimmer. Cora. Die schreit manchmal. 'ne halbe Stunde. Auch mal länger. Tut ihr gut, sagt sie. Ich hör das schon gar nicht mehr.

Cora ist großartig.

Sie ist eine Göttin. Meine Göttin. Und sie hat eine Schwester.

Nein, nein, danke. Kein Bedarf.

Ich werde ihr Geschrei aufnehmen und auf CD pressen lassen. Bei meinem Pech kommt das weltweit in die Charts. Also noch mal: Was willst du machen? Du kannst doch nicht die nächsten zwanzig Jahre Käsekuchen backen.

Schmeckt er dir nicht?

Keine Ahnung. Cora hat letzte Nacht alles aufgegessen. Macht die manchmal. Neulich habe ich morgens in unserem Bett ein halbes Brot und eine leere Dose Ölsardinen gefunden.

Ich mag keine Ölsardinen. Weißt du eigentlich, dass Ingas Freundinnen mich für den perfekten Ehemann halten?

»Perfekter Ehemann«, kann man etwas Vernichtenderes sagen über einen echten Mann? Komm schon, bleib noch. Wir machen uns noch zwei schöne Wochen, fahren nach Nizza. Kaufen ein bisschen Wein bei Gerôme, essen ein paar Austern im »Turin« und legen uns betrunken auf die Hafenmole. Wie klingt das für dich?

Keine Lust. Aber machen wir.

Sehr gut, Alex. Wir haben einen Plan.

Schön wär's. Ich hab keinen Plan. Kann ich Inga wirklich ab morgen die Jungs aufs Auge drücken?

Natürlich! Du musst jetzt erst mal an dich denken. Frag dich doch mal, wer du überhaupt noch bist. Was macht dich denn aus? Dein Käsekuchen? Schreib mal wieder was. Du kannst das doch. Besorg ein Kindermädchen. Schaff dir Freiräume. Fang an mit einer Woche im Monat, in der die Kids tagsüber versorgt sind und du eigene Dinge anschiebst. Sachen, die für dich wichtig sind. Und vielleicht auch Sachen, die nur du magst.

Ich leb' nicht allein, Christian. Ich kann mich nicht wie du einfach ausklinken. Wie viele Frauen müssen tagein tagaus das tun, was ich tue?

Ja. Und wie viele Frauen sind unglücklich damit? Das ist doch kein Beispiel. Du musst Grenzen setzen. Dir selber, aber auch Inga. Wenn du überhaupt noch bei ihr bleiben willst. Willst du?

Keine Ahnung. Im Moment fühl ich gar nix. Nicht mal Wut.

Was denn? Du bist nicht mal sauer auf sie? Komm schon, sie hat dich beschissen. Soll ich's dir ein bisschen ausmalen? Die schönen Nächte im Süden. Wie Kirsten sie an sich ran zieht …

Verdammt, Christian! Hör auf!

… wie er ihr hinten das Kleid öffnet. In ihr schönes Haar greift …

Halt die Klappe!

Sehr gut. Jetzt bist du wütend. Und jetzt gehst du rein und rufst an und sagst, dass du morgen nicht heimkommst …
Cora, mein Engel, was gibt's?

Nein, nein, das war Alex, der so geschrien hat. Auch nicht schlecht, oder? Vielleicht nehmt ihr zusammen 'ne Platte auf.

Guten Morgen Frau Thomsen. Hier sind Ihre Jungs. Der Tobi hat einen üblen Husten, löst sich aber schon. Hausrezept à la Ottmann.

Wie, Sie müssen weg? Hat Ihr Mann Sie nicht angerufen?

Mir hat er gestern Abend Bescheid gesagt, dass er erst so in zwei Wochen zurückkommt.

Nein, nein, das ist kein Witz. Reden Sie denn nicht miteinander?

Keine Ahnung, wo er ist. Hat er mir nicht gesagt. Merkwürdige Frage für eine Ehefrau.

Nein, beim besten Willen nicht. Ich muss jetzt zur Pediküre, und dann bin ich zwei Wochen bei meiner Schwester an der Nordsee. Wär schön, wenn Sie bei mir die Blumen gießen könnten. Ihr Mann hat das immer so gewissenhaft gemacht. Und dienstags muss die Altpapiertonne raus. Und nächste Woche Mittwoch der Plastikmüll. Da kommt auch der Schornsteinfeger, der Termin ist schon mal verschoben worden. Wenn Sie's platzen lassen, müssen Sie die Anfahrt zahlen.

Nein, Frau Thomsen, ich kann nicht. Und ich bin auch nicht dazu da, Ihre Fehltritte auszubügeln.

So, das geht mich also nichts an? Mag sein. Aber was gehen mich dann Ihre Kinder an? Was geht mich dann Ihr Mann an, der nachts verzweifelt bei mir am Küchentisch sitzt?

Nein, ich sage Ihnen nicht, wo er ist. Ich weiß es auch nicht. Und wenn ich's wüsste, würde ich es Ihnen erst recht nicht sagen. Außerdem: Schämen sollten Sie sich! Ich weiß alles. Doppelzimmer. Für wie blöd halten Sie Ihren Mann eigentlich? Na ja, mit mir konnte man das ja auch machen. Diese Schlampe. Dieses Schwein. Na egal. Sie haben so einen netten Mann. Guten Tag Frau Thomsen.

smsAlex! Was soll das? Weiß ja, dass Du sauer bist. Komm zurück. Die Jungs brauchen Dich doch. Ich auch. Melde Dich. Inga***sms***

Schauen Sie, Rebecca, obwohl ich noch recht jung bin, schaue ich mir dieses Printgeschäft jetzt schon eine Weile von oben an. Glauben Sie mir, ich habe schon viele kommen und gehen sehen, und ich merke, wenn jemand etwas Besonderes ist. Das soll jetzt keine Schleimerei sein, Rebecca, aber Sie haben alles, was man für diesen Job braucht. Ich will Ihnen nur sagen: Ich habe immer ein offenes Ohr für Sie. Deshalb habe ich Sie auch mit hierhin zum Lago genommen. Ich wollte Ihnen die Chance geben, ganz ehrlich zu sein. Ohne dass Kollegen dabei sind. Wenn es irgendwelche Schwierigkeiten gibt mit Ihren neuen Aufgaben, dann wäre jetzt der Zeitpunkt, es mir zu sagen. Schade, dass wir nicht ein Ründchen mit meinem Boot fahren können. Im Winter lasse ich immer das Mahagoni aufarbeiten. Aber ich habe uns bei Giulia in Pallanza einen Tisch reserviert. Einfache Küche. Aber auf den Punkt.
Hach, dieser See! Ist er nicht wie Musik, Rebecca? …
Es ist ja ganz gleich, wen wir lieben
und wer uns das Herz einmal bricht.

Wir werden vom Schicksal getrieben,
und das Ende ist immer Verzicht.

Wir glauben und hoffen und denken,
dass einmal ein Wunder geschieht.
Doch wenn wir uns dann verschenken,
ist es das alte Lied:
Nur nicht aus Liebe weinen,
es gibt auf Erden nicht nur den einen …

Stimmt, Rebecca, wunderschön. Ist von Zarah Leander, aber auch ein Stück von mir.

Gautinger Bote, 18. November 2008
Lokales

Starnberger Galerie Scharnitz schließt nach sechs Jahren

Starnberg. Die Galerie Scharnitz in der Almhofstraße schließt am 30. November. Bis dahin sind noch Werke der Künstler zu sehen, die durch die Galerie in den vergangenen Jahren gefördert wurden. Landrat Bründlmeyer, der bei einem Glas Weißwein so manche Vernissage in der Galerie eröffnete, bedauert die Schließung. »Mit der Galerie Scharnitz verliert Starnberg ein wichtiges Forum für zeitgenössische Kunst. Der

Landkreis hat Momke Scharnitz und ihrer Galerie viel zu verdanken.« Die ursprünglich aus Berlin stammende Galeristin, die stets ein feines Gespür für aufstrebende Talente hatte, wird nach Hongkong umsiedeln, wo sie den asiatischen Markt für europäische Kunst erschließen möchte. Frau Scharnitz lädt alle kunstinteressierten Bürger aus Starnberg und Umgebung zu einem abschließenden Umtrunk in der Galerie ein. Landrat Bründlmeyer hat sein Kommen bereits zugesagt.

smsAlex, melde Dich doch endlich! Bin in Berlin. Nur ein Tag, die Jungs müssen ja in die Schule. Alex, das ist nicht okay, dass Du Dich überhaupt nicht meldest. Morgen stellt sich ein Kindermädchen vor. Willst Du das? Ich habe keine Wahl. Wo bist Du? Inga.***sms***

Mail
von: alex.thomsen@d-online.dt
an: vigo.productions@london.gb

Hallo Vigo,

ich hab's getan. Ich habe zuhause die Tür abgeschlossen und bin seit zwei Wochen in Südfrankreich. Die ersten Tage waren schlimm. Niedergeschlagen, schlechtes Gewissen, ganz unten. Jetzt ist besser. Sogar richtig lustig. Manchmal schreie ich mit Christians Freundin um die Wette. Er hat mir sehr geholfen. Ich schreibe auch wieder. Keinen Autokram. Mehr so »Reisebetrachtungen«. Keine Ahnung, ob's einen Markt für so was gibt. Christian meint, die Sachen wären nicht schlecht. Wenn ich zurück bin, nehme ich mir erst mal eine Wohnung. Irgendwas Kleines, Möbliertes. Nur für mich und die Jungs. Die fehlen mir ohne Ende. Bald weißt Du ja selber, wie das ist. Wie geht's Sarah? Ich will sie mal kennen lernen. Bring sie doch mit nach München. Und ich will wieder Motorrad fahren. April. Eine Woche. Ich leih mir eine Kiste und dann ab. Wie wär's?

Liebe Grüße

Alex

Hallo! Das ist die Mailbox von Alex Thomsen. Mein Handy ist aus. Nachricht bitte nach dem Pieps.

PIEPS

Alex! So geht's doch nicht. Verdammt, hier geht's drunter und drüber. Ich hatte die Jungs drei Tage mit in der Redaktion. Das hat Riesenärger gegeben. Kirsten tobt. Der blöde Arsch. Das Kindermädchen ist auch schon wieder weg. Und mit ihr die schöne »Baume & Mercier«-Uhr, die du mir zum Hochzeitstag geschenkt hast. Überall Chaos. Wieso ist das Konto leer? Es rufen ständig irgendwelche Versicherungsleute an. Außerdem ist es kalt in der Hütte. Haben wir überhaupt noch Öl? Mann, Alex, jetzt ist doch mal gut. Was willst du? Soll alles kaputt gehen? Soll ich meinen Job verlieren? Und die Jungs, müssen die das alles ausbaden? So weiß ich gar nix. Mach was!

PIEPS

3 Uhr

Da bin ich, Gala. Auftritt Hauptdarsteller. Das Weichei kehrt zurück aus Südfrankreich und sorgt für Recht und Ordnung in der Stadt. Haha! Alles wird gut. Oder so.

Was?

Nein, nein, nein! Hab ich nicht. Ich hab mich nicht bei ihr gemeldet. Hab die Jungs immer bei Frau Ottmann abgeholt und abgeliefert. Total bescheuert. Aber ich konnt's nicht anders. Kann's immer noch nich'.

Sie sich bei mir? Anfangs schon noch. Jetzt auch nich' mehr. Immerhin kriegt sie das geregelt. Also mit den Kindern. Die sind zwei Wochen bei ihr. Guck mal an. Plötzlich geht's.
Was soll ich denn machen, Gala? Ich hab jetzt wieder 'nen Job. Gar nicht mal schlecht. Kann schöne Sachen schreiben. Alles, was ich will. Ich bin ein glücklicher Mann. Aber todunglücklich.
Ich ruf sie jetzt an. So. 01 77…
Ne. Ich ruf sie nich' an.
Gala, jeden Tag ruf ich sie nicht an. Immer abends. Morgens auch.

Ich hab Angst.

Ne, nich' vor Ihnen. Sie schickt der Himmel, Gala. Ich hab Angst vor mir.

Doch wirklich. Ich hab so Angst, dass aus mir wieder der Käsekuchen-Alex wird.
Denn der bin ich ja.
Auch.
Wenn Inga nur den Käsekuchen-Alex will, was mach ich dann? Ich will nich'. Scheiß Käsekuchen.
Ich will die Jungs. Eigentlich will ich auch Inga.
Ach verdammt! Gibt's noch was zu trinken? Kommen Sie, Gala, wir trinken Champagner.

Kaffee? Na gut, dann Kaffee.
Autsch! Mann, ist der heiß. Kochen Sie den vorher? Haha!
Gala, ich bin ein Wrack. Heiraten Sie mich!

Stimmt. Bin ja verheiratet. Gucken Sie mal. Sogar den Ring hab ich wieder an. Weißgold. War mal ganz matt. Wollten wir so. Jetzt is' er glatt geschliffen. Auch schön. Aber nich' matt.
Jetzt ruf ich sie doch an. Wie spät is' es denn?

Echt? Verdammt. Nich' wirklich 'ne gute Zeit zum Anrufen. Hab'n Sie mal 'n bisschen kalte Milch für den Kaffee?

Nur was? Laktosefrei. Du liebes bisschen. Wurscht. Her damit!
Welche Farbe haben die Kühe in Rumänien?
Ja, ja, überall dasselbe. Kühe halt.
Keine Scheidung. Ich will keine Scheidung. Die soll nur kommen. Waren Sie schon mal geschieden?

Witwe?! In Ihrem Alter. Tut mir leid.

Unfall. Ja geht schnell. Ich sag immer: … was sag ich immer? Das, was die Römer immer sagen, wenn Sie das meinen.

Ne, nicht errare humanum est. Das andere da … hier … jeder Tag ist wichtig.

Sehr gut, Gala. Carpe diem, nutze den Tag.
Nutzt aber nix.
Sind Sie noch traurig?

Schon klar. Von wegen, die Zeit heilt alle Wunden. Einen Scheiß heilt die.
Haben Sie Aspirin? Ich nehm immer Aspirin. Noch vor dem Hinlegen. Und 'n halben Liter Wasser. Dann hat man morgens nicht so einen Schädel.

Danke: Sie sind echt Mutter Theresa. Sie haben echt alles. Die Gala heilt alle Wunden.

Was müssen Sie? Schnell in den Keller, Eismaschine

abstellen. Ja, ja, machen Sie nur. Ich lauf nich' weg. Ich bleib hier sitzen. Genau hier. Red ich halt so lang mit mir selber. Aber machen Sie schnell. Ich geh mir manchmal ganz schön auf die Nerven.
Wissen Sie, was mir Vigo geantwortet hat? Das glauben Sie nicht. Jetzt geh'n Sie erstmal in den Keller. Ich erzähl's Ihnen, wenn Sie zurück sind.

Mail
von: vigo.productions@london.gb
an: alex.thomsen@d-online.dt

Hi Alex,

hoffe, Du rückst vor im Beziehungskrieg. Falls Du ein bisschen Rückendeckung brauchst: Du hast alles richtig gemacht, Companero. Steht doch schon im Buch der Bücher: »Liebe Deinen Nächsten wie Dich selbst!« Hörst Du: WIE DICH SELBST! Wenn Du mit Dir im Reinen bist, kriegst Du das mit Inga vielleicht auch wieder hin. Aber kein Waschlappenbügeln mehr! Rückzug verboten!
Würde Dir gern persönlich das Händchen halten, aber mit meinem Trip nach München wird's leider nix. Ich schau mir an dem Wochenende mit Sarah eine Entbindungsklinik in Edinburgh an. Die machen so Unterwassersachen. Blubb und rabähh, Du weißt schon. Sie meint, es wär schön, wenn ich dabei wär. Was soll ich sagen? Ich liebe sie. Schadet mir ja auch nicht.
Dass Du wieder Motorrad fahren willst, finde ich echt cool. Welcome back! Über den Termin müssen wir allerdings noch mal reden. Im April kommt der Kurze. Sarah meint, ich sollte auf jeden Fall bei der Geburt dabei sein. Siehe oben. Ich liebe sie.

Wenn das einer verstehen kann, dann Du. Aber eins sag ich Dir: Gleich nach der Geburt wird vollgetankt und ab geht's. Vielleicht im Juli.

See you

Dein Vigo

Vielen Dank, Landrat Bründlmeyer, für die netten Worte zum Schluss.
Hoppla! Soll ich Ihnen von der Bühne helfen? Ich hab Sie gewarnt, der Weißwein hat's in sich. Ha, ha! Tja, was soll ich sagen? Dem ist eigentlich gar nichts hinzuzufügen. Meine Zeit als Galeristin hier geht nun heute zu Ende. Und es war eine sehr schöne Zeit, in der ich viele liebe, lustige, spannende ... und trinkfeste Menschen kennen gelernt habe. Ich will's auch nicht zu traurig machen, das muss ja kein Abschied für immer sein. Lassen Sie uns heute Abend gemeinsam noch ein bisschen feiern. Ich wünsche Ihnen viel Vergnügen.

Hallo Galeristin.

Alex! Du? Was machst du denn hier?

Das ist doch 'ne Galerie. Ich möchte ein Bild kaufen.

Okay. Welches?

Das, von dem du dich am schwersten trennen kannst. Ich will was, was mich an dich erinnert.

Welche Erinnerung soll's denn sein?

Die Erinnerung an eine tolle, sinnliche Frau, die ich blöd behandelt habe. Und die Erinnerung an eine wirklich gute Freundin. Wenn du das sein willst.

Schon okay. Ich geh nach Hongkong.

Ich weiß.

Is' weit weg.

Ja. Sehr. Ich werd dich besuchen.

Na klar.

Kein Witz. Im Oktober. Wenn du willst.

Gut. Kommt überraschend. Können wir erst zum Geschäftlichen kommen? Ich hab das Richtige für dich. Komm!

Kaufvertrag

zwischen
Momke Scharnitz, Almhofstraße 17, Starnberg
und
Alexander Thomsen, Wettersteinstraße 17, Gauting

Verkauft wird ein Gebrauchtfahrzeug. Triumph TR6, Baujahr 1973, 134 000 Kilometer. Farbe: britisch racing-green, Leder beige. Vierte Hand.

Die Verkäuferin garantiert, dass das Fahrzeug in einem optisch tadellosen Zustand ist und bei Regenwetter unverzüglich stehen bleibt. Das Verdeck öffnet und schließt unregelmäßig. Ob sich die Liegesitze komplett herunterdrehen lassen, kann der Käufer zum Bedauern der Verkäuferin nicht beurteilen.

Als Kaufpreis wurden eine angemessene Summe und ein Abendessen in Hongkong vereinbart.

Sarah Barton Office! You are speaking to Vigo Seidelmann. May I help you?

Vigo, bist du das?

Wer ist da?

Ich bin's, Inga.

Inga! Das ist eine Überraschung. Wie geht's dir?

Nicht gut. Aber das weißt du ja vermutlich. Wie geht's dir?

Perfekt. Ich schmeiß hier den Laden für Sarah, und ich werde Vater. Im April. Meine Sarah ist schon ein richtiges Kugelmonster. Total süß.

Schön. Das freut mich wirklich. Wenn ich ehrlich bin, habe ich nicht gedacht, dass du mal ein Familienmensch wirst.

Momento, Señora. Ich werde Vater, aber ich bleibe Vigo.

Vigo, es wird sich vieles ändern. Viel mehr, als du denkst. Aber es ist auch schön. Also meistens.

Wenn man immer wüsste, was kommt, würd man's nicht machen, oder Inga?

Ja. Vigo, weshalb ich anrufe …

Du willst wissen, wo Alex ist.

Ja. Weißt du, wo er is'?

Das ist jetzt total blöd für mich, Inga. Natürlich weiß ich, wo er ist. Aber wenn deine beste Freundin von dir erwarten würde, dass du's nicht weitersagst, was machst du dann?

Vigo, bitte.

Tranquilo, Businessfrau. Was würdest du ihm denn sagen? Dass die Mikrowelle geputzt werden muss?

Quatsch! Du hast doch keine Ahnung.

Wieso? Hat er in den letzten Jahren vielleicht nicht die Mikrowelle sauber gemacht?

Vigo, Alex und ich haben uns bewusst entschieden, so zu leben. Das ist unser Weg.

Ein Scheißweg ist das. Der endet damit, dass er heulend zwischen der Bügelwäsche sitzt und du bei einem anderen Kerl im Bett liegst.

Vigo, du tust mir Unrecht, aber das ist jetzt auch egal. Ich fleh dich an: Sag mir, wo er ist!

Warum? Scheidung?

Nein!

Fehlt dir die Haushaltshilfe?

Vigo!

Ja, was denn? Dann sag schon!

Ich … ich … er fehlt mir. Alex fehlt mir sehr.

Hmmm.

Vigo bitte! Glaub mir.

Wenn du weiter reden würdest, würde dann vielleicht irgendwann mal so was wie »Liebe« in deinem Text auftauchen.

Ja.

Hmmm. Also pass auf: Du hast das nicht von mir. Er wohnt gar nicht weit weg von dir. Pasing. In irgend 'ner Nebenstraße von diesem neuen Luxusteil da, Hotel Isar Side. Geiles Viertel. Coole Bars.

Isar Side?

Ja. Ich glaub, so heißt es. Aber von mir weißt du gar nix.

Danke, Vigo.

Inga, all you need is love.

Hallo Herr Spiegel! Alex Thomsen hier, der Vater vom Florian. Sie wissen schon, aus der Klasse von Ihrem Sebastian. Tschuldigung, wenn ich das Telefon so lange hab klingeln lassen. Haben Sie 'ne Minute für mich?

Danke. Ich recherchiere gerade für eine Artikelreihe, die ich verschiedenen Zeitschriften anbieten möchte. Es geht um Jungs. Und ich weiß, dass Sie zu dem Thema eine … sagen wir … dezidierte Meinung haben.

Ja, ich weiß, wir waren da nicht immer einer Meinung. Aber glauben Sie mir: Es geht mir nicht darum, Sie in die Pfanne zu hauen. Im Gegenteil: Ihre Argumentation würde den Artikeln guttun.

Ja, schon klar. Sie haben recht. Ich habe Sie auch nie unterstützt, aber in manchen Punkten denke ich mittlerweile anders. Könnten wir uns nicht einfach mal treffen?

Wann? Ja meinetwegen gleich. Ich könnte in zwanzig Minuten bei Ihnen sein.

Warum geht das gerade nicht?

Eine Aktion. Sie wollen, dass »Spielwaren Wanninger« die Lillifee-Schaufenster umdekoriert.

Ja. Wenn Sie wollen, unterstütze ich Sie. Alle Schaufenster mit diesem rosa Lillifee-Kram macht ja Augenkrebs.

Nein, vor dem Laden anketten ist nicht mein Ding. Aber ich kann mal mit der Besitzerin reden. Ich kenn die Frau Wanninger ganz gut.
Prima, Herr Spiegel. Bis heute Abend dann.

Mail
von: vigo.productions@london.gb
an: alex.thomsen@d-online.dt

Hi Alex,

schneller Gruß aus crazy London. Stell Dir vor: Gestern hat Inga hier angerufen. Sie klang ziemlich fertig. Und ich glaub, sie will Dich unbedingt sehen. Hier kommt ein Tipp von Deinem alten Kumpel Vigo, den Du nach dem Lesen auch gerne wegschmeißen kannst: Triff Dich mit ihr. Abhauen macht doch keinen Sinn. Jeden dritten Abend wimmerst Du mir am Telefon was vor. Mach reinen Tisch. Und dann gehst Du aus der Tür oder auf sie zu. Aber mach irgendwas.
Was anderes: Ich freu mich total auf die nächste Biketour mit Dir. Dieses Jahr wird es

allerdings nichts werden. Sorry. Aber Sarah dreht ab Ende Juni ein großes Movie in Argentinien. Riesen Pampa-Epos. Wie Du weißt, kann ich Spanisch. Sarah me necesita. Sarah braucht mich. Ich habe erst mal alle Jobs abgesagt und werde mich um die Prinzessin kümmern. Habe ich Dir gesagt, dass es ein Mädchen wird? Kein Schniepel im Ultraschall. Kann schon mal das Zimmer rosa streichen. Sarah lässt übrigens fragen, was das für ein Kurs war, den Du damals gemacht hast. Das mit dem Tennisball. Fand sie cool. Ich ja nicht so. Aber ich glaube, ich könnte bei ihr punkten, wenn ich mich mal bei so was blicken lasse.
So, mein Alter, und jetzt kümmerst Du Dich um Inga. So oder so.
Le deseo suerte a te! Ich drück Dir die Daumen!

Vigo

Mail
von: alex.thomsen@d-online.dt
an: vigo.productions@london.gb

Hola Waschlappen,

hier kommt was für Dich. Liebe Grüße, Alex.

Alex' Feiner Käsekuchen

Für den Mürbteig:	*Für die Füllung:*
200 g Mehl	3 Eigelb
1 Tl Backpulver	100 g Zucker
1 Prise Salz	1 Päckchen Vanillezucker
1 Päckchen Vanillezucker	100 g Butter
1 El geriebene Zitronenschale	1 Tasse Sahne
1 Ei	500 g Magerquark
60 g Zucker	25 g Speisestärke
100 g Butter	3 Eiweiß
	1 Prise Salz
	1 Eigelb
	2 El Kaffeesahne

1. Die Teigzutaten zu einem Mürbteig verarbeiten.

2. Den Teig in ein feuchtes Küchentuch wickeln und im Kühlschrank 1 Std. ruhen lassen.

3. Den Teig auf einer bemehlten Arbeitsfläche ausrollen, in eine Springform legen und einen Rand hochdrücken. Den Boden mehrmals mit einer Gabel einstechen.

4. Die Eigelbe mit dem Zucker und dem Vanillezucker schaumig schlagen.

5. Die handwarme Butter und die Sahne kräftig darunterschlagen und mit dem Magerquark vermischen.

6. Die gesiebte Speisestärke und die mit Salz zu Schnee geschlagenen Eiweiße abwechselnd vorsichtig unter die Masse heben.

7. Die Quarkmasse auf den Teig geben und glatt streichen.

8. Das Eigelb und die Kaffeesahne glatt rühren. Die Oberfläche des Kuchens damit einstreichen.

9. Im auf 180–200 Grad vorgeheizten Backofen 50–60 Min. backen.

10. Den Kuchen herausnehmen und auf ein Kuchengitter stürzen, vollständig erkalten lassen und erst dann aus der Kuchenform nehmen.

11. Den Kuchen nach Belieben mit Puderzucker bestäuben, anrichten und servieren.

Schneit's, Gala? Sieht aus, als ob's schneit. Na wurscht. Hab's nicht weit. Wo müssen Sie denn hin?

Oha. Is' ja am anderen Ende der Stadt. Wenn es einen gibt, der Sie nich' mehr heimfahr'n kann, dann bin ich das. Aber tragen kann ich Sie, Gala. Auf Händen. Was denn sonst? Frauen wollen immer auf Händ'n getragen wer'n.
Inga wiegt 57 Kilo. Genau richtig. Alles da, wo's sein soll.
Was wiegen Sie? Auch nich' mehr. Fragt man ja nich'. Tschuldigung.
Ich kann mich doch nich' bei Spielwaren Meier anketten. Geht doch nich'.
Trinken macht überhaupt nicht lustig. Schon gar nicht morgens. Trinken die Rumänen auch viel?

Ja, ja, überall dasselbe. Gala. Jetzt. Jetzt ruf ich sie an. Mach ich. Jetzt. Wär doch gut, oder? Ich sag ihr: Ich liebe dich! Und dann Geigen und so. Rosen. Happy End. Wär doch schön. Also ich fänd's schön.
Wann wird's eigentlich hell?

So spät? Kann ich so lang sitzen bleiben?

Ja, ich weiß. War 'n Witz. Früher war ich mal witzig. In Italien hat Inga mal 'nen Lachanfall bekommen. Hammer. Wir waren ja immer in Italien. Schön da.

Was? Ja klar könnte man auch mal woanders hinfahr'n. Hab ich auch gesagt. Allein is' scheißegal, wo man hinfährt.
Gala, warum sind Frauen so? Und Männer? Ich mein, warum geht das nie? Also nie so richtig. Es gibt da 'n altes Sprichwort … fällt mir nich' ein. Aber es gibt da eins.
Der Spiegel hat doch recht. So geht's ja auch nich'.

Was soll ich?

Umdreh'n. Wieso umdreh'n?

Überraschung? Sie machen Witze, Gala. Na meinetwegen. Dann dreh ich mich halt … INGA!

Hallo, Alex.

Inga.

Ich … hab dich gesucht.

Bin hier, Inga.

Alex … komm heim. Bitte.

Epilog

Alex? Ob ich mich an Alex erinnere? Na klar. Das war eine lange Nacht. Hier sitzen oft Typen, die mir ihr halbes Leben erzählen. Aber bei Alex war es das ganze. Am Ende hat ihn seine Frau hier abgeholt. Morgens um kurz vor vier. Eigentlich eine schöne Szene. Aber alles andere als das klassische Happy End. Die standen da wie zwei Boxer. Beide schon ein paarmal schwer getroffen. Schon merkwürdig, was sich Menschen antun, die sich eigentlich lieb haben.
Und da können Sie mir sagen, was Sie wollen: Das Problem sind die Männer. Die sind so … weiß nich' … wischiwaschi. Bei uns in Rumänien sind die meisten Männer Idioten. Die kümmern sich nur um sich, hauen auf den Tisch und machen die Ansagen. Friss oder stirb. Das geht gar nicht. Aber hier ist es doch auch nicht besser. Ein Kerl muss irgendwo ein Kerl bleiben. Also ist meine Meinung. Eigentlich sind die doch auch einfach zu nehmen. Hier an meiner Bar fressen mir die aus der Hand. Trinken was, sind freundlich und gucken mir auf den Hintern. Na und? Kann ich super mit umgehen. Wenn die weggucken, rumdrucksen, sich schämen, was soll ich mit denen?

Ich sag Ihnen was: Wenn die Männer schon mit sich selber nicht mehr klarkommen, wie sollen wir Frauen das dann hinkriegen?

Lehrreicher als alle Management-Ratgeber und lustiger als der Vorstand erlaubt!

Sascha Zeus/Michael Wirbitzky
DIE TAGUNG
Chaos ist Chefsache
Sachbuch
176 Seiten
ISBN 978-3-404-60602-3

Für Berater Mats Enning ist es ein Job wie jeder andere: Auf einer Tagung soll er die Mitarbeiter eines Pharmariesen auf Trab bringen. So weit, so einfach. Was er nicht weiß: Der Laden soll verkauft werden. Doch das ahnt niemand, und alles läuft wie gewohnt. Der Prokurist schläft mit der Frau des Vorstands, die widerum mit dem Leiter der Forschung. Der Außendienst hat vor, die Hotelbar leer zu trinken, das Essen ist eine Katastrophe, und zu allem Überfluss ist der Kaffee alle. Willkommen auf der Höllen-Tagung!

»Umwerfend komisch!«

DIE WELT über ICH, ARTHUR, ZWEI TICKETS

Bastei Lübbe Taschenbuch